樂府

·

心里满了，就从口中溢出

36岁，人生半熟

宽宽 著

北京联合出版公司
Beijing United Publishing Co.,Ltd.

目录

1

楔子：移居

我一直是个后知后觉的人。

比如，这一轮大家谈论了大半年的房价飞涨，我很晚才觉察到周围人的异样。怎么每个人都在谈房子，就连平常看的一些安贫乐道的公知们写的公号文章，都忽然间情绪突变，弥漫着焦虑、愤恨，还捶胸顿足地教导大家“赚钱的重要性”。

当然，也因为对时局后知后觉，我在二〇一六年年初，兴高采烈地卖掉了北京的房子，举家移民边陲小城大理。买我房子的是一对大学教授，孩子大了，卖掉自己原有的一套小学区房，再贷款两百多万买下我的房子。

然后排号预约过户，等待买方申请贷款，等到我拿到房屋尾款，已是九月。

这期间，我搬家，用时髦的话讲叫“逃离北上广”，用卖掉北京房子的买方首付定金在大理买了一套能看到苍山洱海的大房子，有大大的露台和夜晚能躺着看星空的阳光房。我计划用卖房子余下的钱给孩子存一笔教育金和我的养老金，从此断却后顾之忧。

我怀着对美好生活的想象手忙脚乱地适应新生活，认识各路来到大理的新移民，体验每天不用看雾霾数据随时出门的美妙感受，去有机农场买刚摘下的蔬菜。每日晚饭后，在苍山脚下的林间，在深蓝色的星空下散步，我觉得我能想象的最好的生活，不过如此。我几乎就要认定，自己就是人们说的那种人生赢家了。

然而，这平静的一切，却被房屋中介“主动的安慰”打断了。

“姐，买方的银行贷款这周就批下来了，贷款的人太多了，批得有点慢，你别太难过了啊……”

“等等，我为什么会难过？”

“哦，您不知道啊，哦，那您当我没说，省得您闹心。”

“说！”

“哦，就是，就是您那个户型的房子吧，我刚卖了一套，比您卖时涨了两百多万。”

……

唉，怎么说呢，我自认是个情绪十分平和的女子，可那一刻，心里翻涌而上的酸水，让我连着咽了好几口才压制住。

谈不上悔恨、遗憾、焦虑，这些都没有，只是意难平。

不平的是什么？是你跳下一趟奔驰的列车，然后眼看着列车驶向繁华，抛下你遗世独立，感受一种世间的一切繁华从此与我无关的悲戚。

接下来的三天，我着了魔一样在心里一遍遍换算着，两百万可以用来做什么。比我给娃存的教育金还多，可以在大理再买套房做民宿，可以环游世界，可以捐一所希望小学……我忘了这两百万从不曾属于过我，当时我确定地认为它是我得而复失的。

久难平复的心绪，驱动着我去注意身边的人，他们的生活或心情，有没有像我一样被房子改变。

我惊讶地发现，怎么好像所有人都在难过？

在聚会时，当大家热烈地谈论房子时，无论怎么砸锅卖铁都买不起房的年轻人，常闭口不谈，神情中有一种平静的绝望，我几乎要担心下一秒就会看到他掩面低泣。小房子换了大房子的，背两三百万贷款的司空见惯，像赌徒一样，把赌注都压在房价不停上涨的期待里，看得见的未来不敢辞职不敢移居不敢任性。

当然还有像我这种早早把房子卖了错失大涨良机，在可见的未来再也买不回来的，几乎是全场默默同情的对象，我都快要听到他们在心里与自己的处境做一番对比后暗暗欣慰的声音了。

无论职业如何，地位如何，手中可支配的金钱数量如何，每个人心底，都潜藏着一种害怕被时代抛弃，害怕在日出月落中就悄无声息变成穷人的恐惧。“中产阶层最大的焦虑，就是害怕跌出自己的阶层。”在这一点上，我们整齐划一地具有了成为中产阶层的资格。

可是，对大多数人来说，一套房子再值钱也只是个账面数字，除非卖掉房子套现，离开所在的城市，换到房价差巨大的小城镇，过一种归于平淡的生活。然而大多数人并没有脱离轨道的勇气。

当然，其中也有不少人非常幸运，在合适的时机买下几套房子，又在合适的时机卖掉几套，套现离场，出国或移居小城，去过想要的生活。他们一般都很精明，总会在一线城市留一两套继续增值，备着给孩子上学住，以及赚取租金。

如果待在北京，我恐怕一辈子也无缘认识这类被称为人生赢家的人。但搬来大理后，邻里邻居的，我竟然发现了不少这个类型。

我以为，他们是举世羡慕的对象，凭借善于抓住机会的敏感和聪慧，一举改变命运，成为实现了财务自由的人。最关键，他们是在三四十岁正值壮年时，就拥有了退休的资本。

我无法控制地流着口水窥探他们的生活。

他们不用再做事，每日主要日程是散步、发呆、逛吃、养生、会友，以及游览青山绿水。日复一日，我在他们眼中捕捉到一种安享晚年的寂寥与无奈。闲得久了，他们不再能淡然面对时间的荒原，我悲哀地发现，自由舒适的日子过久了，与繁忙焦躁的日子过久了，结果一样都是厌倦。

于是，他们有的开起了咖啡馆、客栈，有的不计投入地装修完一套房子又装修一套房子，常年朝九晚五地往返于装修工地与家里。也有的致力于花钱回馈社会，在小城各种机构的追捧中感受到了人生的价值。

他们把曾经奋力卸下的枷锁，又一件件戴了回来。

观察他们的生活，竟能获得一种疗愈的力量，看到人生这出剧的荒诞之处，会让我因卖力演出而起伏不定的心绪平静下来。如果人生的追求系于外境，心随境转，那么闲适时想忙碌，繁忙时想避世，这一生的日子就在这样的兜兜转转中消耗殆尽。

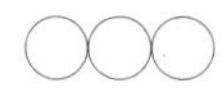

在我有限的见识里，有两种人面对外境的大风大浪还能心如止水。

一种是我每天在路边见到的小摊贩，与我相比，他们是贫者，守着一个麻辣烫或烙饼摊维持全家的生活。与大多数善良的人一样，我看向他们的眼神里，总带着同情。

每天路过的次数多了，我看到女人会在忙完晚上的活后，用手机小声放着音乐在路边独自跳广场舞，一脸旁若无人的陶醉。我看到卖水果的夫妻，在租的水果棚里，搭起一个高高的木盒子当卧室，晌午我去买水果，说话时看到男人对我做出小声点的暗示，一脸温柔指指高高的木盒子，那里面是他的女人在睡午觉。

他们背后的辛酸我无缘看到，可我身边很多看似过得不错的朋友，他们背后的辛酸我也无缘看到。表面上看，这两类人没有谁比谁更幸福。

还有一类人我认识很多，他们有的做陶，有的画画，有的做茶，有的设计衣服，各人技艺不同，都是安身立命的方法，相同的是，不论房子多大，工作室在闹市还是山里，他们每天专注的，就只有手头这一桩事。对于未来，他们最大的愿望是能无限接近自己所在领域的大师级境界。

我跟他们说起自己卖房子的遭遇，抱怨损失了一大笔原本能让我接近财务自由实现理想生活的钱，他们白我一眼，不痛不痒地丢来一句：就算财务自由了，每天过得又有什么不一样？

在他们眼里，房子贵还是便宜跟自己毫无关系，反正有地方住，有茶喝，余下的那点精力还不够琢磨手里的这个手艺呢。

想想也是，如果你很确定自己想过的生活，还有一件能打发余生并乐在其中的事可做，就算忽然中了大奖，每天不还是这样子过。

人生大多数东西，没得到时以为得到了该有多幸福啊，可真得到了又觉得不过如此。在想要的欲望和得到后的无聊之间不停切换，一生就过完了。还有少数人得以跳出这套路，其中有一位，半生沉浮之后跟我说过一句话：人生在世，除了修行，别无他路。

深以为然。

2

一条鱼，不要逼迫它去爬树吧

定居大理四个多月了。

它所在的滇西地区植被丰茂，路边常年有各种野花盛放，一片片的。每天早上带女儿出门，开车经过一个拐角，一株大灌木的叶子伸出很长，直探到路上，女儿每次都要提醒我："妈妈，你开慢一点，不要撞到花花草草。"

女儿两岁出头，四个月前，我们刚搬来，第一次开车载她经过，说话还不利索的女儿完整地跟我说出这句话时，我感动得眼泪几乎掉下来。

每天在家附近半山上的大理大学散步，遇到很多花花草草，她总是不厌其烦地蹲下来，一一握手问好，并且要求我："妈妈，你也来跟它们握握手，你们就是好朋友了。"于是我也蹲下，学她的样子轻轻捏着一片叶子一枝花茎，哭笑不得又一本正经地说："你们好啊，又见面了。"

每天她还喜欢帮助许多蚯蚓啊，蜗牛啊。大理日照强，时常见到硬化后的路面上有被晒干的蚯蚓。女儿总是低着头慢悠悠地走，神情专注，时不时蹲下盯上好一阵子，以分辨蚯蚓有没有"去世"。

活着的肥肥的蚯蚓通常总是先按兵不动，好一会儿才蠕动，女儿一见立马喊我："妈妈，蚯蚓没去世，你帮我救它们。"我只好走过去蹲下来，轻轻地捏起蚯蚓，放到一旁的草里。

因为养着一个小孩，我每天不得不重新认识动物和植物们。

朋友种的茶园里养着一群鹅，我带女儿常去，见面频繁加上山野里散养，一排鹅旁若无人地摇摇晃晃在女儿面前走过，一边走一边嘎嘎叫，鹅走远了女儿忽然冒出一句："妈妈，鹅一边走一边撒娇。"

朋友来大理玩，带他们去吃柴锅土鸡，鸡是现杀的，还要食客去鸡舍里挑一只出来。我和女儿第一次去，并不知情，傻傻地跟着服务员去到鸡舍，就看到一只鸡被抓起丢进厨房间，鸡一路上都在嘶吼，我连忙捂住女儿的耳朵，装作若无其事的样子，偷偷瞧她，只见她满脸通红憋着不哭出来，一句话也没说。

那天晚上临睡前，她突然放声号哭，说母鸡萝丝（有一本绘本叫《母鸡萝丝去散步》）去世了，哭得撕心裂肺，让人动容。从那之后我们再也不敢去专吃鸡的餐厅。

去菜市场，不能带她路过杀鱼剁肉的摊子。起初我没注意，有一次买菜间隙，忽然看到一旁的小娃，泪眼汪汪地盯着鱼贩宰杀活鱼：并不一刀毙命，却是活刮鱼鳞，刮好丢一旁，奄奄一息的鱼浑身血淋淋地跳动。

看得我也跟着眼泪汪汪。从那之后去菜市场，只在蔬果摊前转悠，离鱼摊肉摊远远的。

看了很多育儿书，理论和技巧一大堆，却最终也没学会怎么跟孩子解释成人的世界。

我说因为有人爱吃鱼所以有人会卖鱼。女儿说会不会有人爱吃由由（她的小名），我说没有人要吃小孩。女儿说那为什么要吃鱼，鱼也是小孩；为什么要吃鸡，鸡也是小孩。我无言以对。

我想每个妈妈都有过这样的时刻，希望孩子永远不要长大。和女儿日夜相守两年多，细细观察，我日渐确信，孩子从来就不和成人同属一国，他们和所有的动物植物才是同类，都是自然的孩子。而我们成年人，大多数沦为了自然的敌人。

如果不是孩子指引，我恐怕早就忘了花与草微小而完满的世界，也不会思考人为什么要吃鱼这类问题。更不会每天出门第一眼，就是抬头看天——看到高原上云朵不停变幻的蓝天，女儿总是重复一句：“天空好美啊，云好美啊，由由也好美啊！”

少有成人看到孩子此刻的笑脸能不为之感动吧。

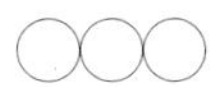

记得好些年前，我在开车上班的路上听到广播里放一则公益广告，大人说，天是蓝色的，云是白色的，孩子反驳，不，天是灰色的……那时只当它是一则公益广告，如今却真的成了很多孩子的现实。

来大理之前半年，我在北京开始给孩子物色幼儿园，因为听说好的幼儿园动辄要排队一年以上。去看了很多幼儿园，它们大多都有高级的设施，大大的城堡滑梯，户外有严丝合缝的塑胶场地，以不裸露一寸泥土地为荣，可是我看不懂。

他们将孩子与自然之间的通路切断，塞入引以为傲的人造文明。

那时我还随大流给孩子报了有名的国外品牌早教班，上艺术课、音乐课、运动课。每周几次开车带着孩子穿过拥堵的街道赶去“上课”，早教班里，父母不多，大多是老人或阿姨，孩子在边上玩，大人聊的多是家长里短。开始一周，女儿很好奇，爬来爬去，新鲜劲儿一过，就径直爬向门边，要出去。

雾霾天，家里关不住一个正在成长的孩子，就带她去室内儿童乐园。有孩子的都了解，儿童乐园一般都有塑料球池，各种塑料玩乐设施，还有一种奇葩的池子，名为沙池，里面并非真的沙子，而是决明子或玉米渣，我真要为这创意绝倒了。

女儿在这样的乐园，玩耍极限是半小时，新鲜劲儿一过，就要出去。周末逢天好就带她跋山涉水去森林公园、郊野公园之类，可是堵车大半天后，进去主要还是看人。

雨后女儿在小区里蹚雨水，来来回回，独自玩得起劲，全身水淋淋。我站在一旁要奋力顶住压力，路人经过要么劝我“孩子这样你也不管，一会儿该生病了”，要么念叨“多脏啊”，更多是不解的目光。路过的孩子通常眼馋，拉扯着大人紧拽的手，也要去蹚水，然后被呵斥，被拉走，甚至被打屁屁。

女儿湿淋淋地站在水里，盯着哭泣着被拉走的孩子一脸迷惑。我看着一切，心酸不止。有没有一个世界，能让孩子就做个孩子。

有了孩子后，我忽然对曾经熟悉热爱的城市看不懂了。于三十多岁高龄，变成了一名愤青。想到百年前梁启超写下《少年中国说》的激扬，再看今日教育的境况，就“蓝瘦香菇”[1]了。

拥有所有选择的少数家庭不在此“蓝瘦”之列，但终究我们大多数还是要在这片土地上兢兢业业。我们给了少年一个怎样的世界，如此又能期待养出怎样的少年？

或许这少年够优秀，够聪明，奥数全球第一，掌握最先进的科学技术。可是，少年的内心是否丰满，对天地万物是否谦卑，是否终其一生追求自由，是否除了关注同类也能俯身注视一株草抬头看到一颗星，是否在人生万难之时也能不忘自己是自然的孩子，是否在拥有移民火星的志向时，也能不忘让地球变得更好？

1　蓝瘦香菇：网络用语，即难受、想哭。

我不确定如此下去，答案是乐观的。离开北京时，听到最狠的劝告是“你带孩子离开大城市，就不怕她到时只学会了挖泥鳅？”。

我很尿，到大理四个月来心里时常回荡着这句话。

每天跟着她，看到她在山野里奔跑，在泥土里打滚；看到她敏感于一日的天色变化，对着云朵说你们像猫咪像小鸟像刺猬；看到她面对天边巨大的明月升起，开心得手舞足蹈，说月亮上也住着小朋友在看着由由。我看到幼小的生命与天地联通，才明白我们本该有的样子。

我想起曾在城市最繁华街区的街灯下，看着橱窗里昂贵美好的商品，心里升起的，是占有的欲念，是得不到的沮丧，是要拼搏为了终有一天可以得到它的豪情壮志。

但当你真的凝视过一轮清澈的明月，会觉得一切拥有都是束缚啊。

接近自然让人心生满足，让人明白什么叫“自然的疗愈力量”，继而让人无比感激这福报。渐渐地，在北京时我沾染上的对孩子教育的焦虑消失不见，不再担心她没有科技馆博物馆艺术展可逛，不再忧虑她远离繁华成为野丫头，也不再在心底暗暗对比北京幼儿园同大理幼儿园的高下。

一条鱼，不要逼迫它去爬树吧。假如有一天，女儿身无所长，只好做个园丁，我想她也会是个心满意足的园丁。

自然能给她的，是人类永远也给不了的。

3

障碍即是生活

据说但凡移居大理的人，必定要过的第一关，便是装修。

在我搬离租的房子，搬进新房的那一天，竟有一种上天的考验终于结束了的悲壮感。

一切诗和远方的追求，一定会配给你足额的苟且。

在北京最多两个月的装修工期，在大理至少需要多出两倍。装修前半段时，我还十分不淡定，以为催一催总能快的，三天两头跑去工地，强装出一副臭脸，想要当一个尽职的监工。

没多久，就轮到泥瓦师傅的活儿了，这位看上去四十多岁的男人，携家带口来上工，带着电饭锅，还有一把翠绿的青菜，甚至在八月菌子季时，还要带上采来的新鲜菌子，每天中午就在我家堂而皇之地过起小日子。

我忽然推门而入，只闻饭香扑鼻，夫妻俩见到我，脸上没有丝毫不自然，淳朴地咧嘴边笑边热情地招呼我“来，跟我们一起吃啊”，如同在自己家。

我本来因为工期太慢一肚子火，板着一张臭脸，此时又觉得两人可爱得很，一瞬间不知作何表情，尴尬地速速告辞离开。

匆忙行至楼下，抬头瞥见露台上，夫妻两人端着煮好的餐食，看着洱海边吃边聊，不时就两口小酒，真真惬意。

这位师傅最终把三天的活儿用了二十天做完，可我的怒火竟平白熄灭。后来见怪不怪，许多师傅都如此，有的甚至只做半天，家里丁点事都值得旷工，万事大不过家事。

我偶尔抱怨催促，他们也不恼，总是一句“急啥嘛”，语气温和却不留余地。

这句话听多了，我也自己问自己，急什么？没有了 deadline（最后期限），却还有城市带来的习气。习惯了快是标准，工作第一，家里事再急也要把工作完成了再请假。

以前有任毒舌领导，有一次半开玩笑地对我们说：“你们请假，千万别是因为生病，我还得等你好，要真死了倒干脆，我麻溜地找人替你。”

这种价值观和习气日积月累，经由群体的认可和遵从，已经长在我每一个细胞里。即便没了原来紧张和焦虑的环境，很长一段时日我仍会受它驱使，所谓生活的惯性。这惯性代替上帝之手，主宰我们每个人。

所以，经常见到芳邻放着新鲜的菜市场不去，不辞辛苦每周开车去市区唯一的沃尔玛，采购一周所需。

还有在大理满大街找星巴克的人，曾经咖啡成瘾是为“续命”，如今命不需要续了，瘾倒成了美好生活的象征。所以有那么多人觉得好山好水好寂寞，忙时盼闲，闲了，却空虚无着。

而我也并没有好到哪里去，原以为快节奏的生活才需适应，其实慢生活同样需要艰难适应。

以致初搬来的几个月，被大理的朋友说，我简直是全大理最忙的人。白天独自带孩子，跑工地；孩子睡午觉了，抓紧处理邮件回复微信；夜晚孩子睡了开始工作，常至凌晨两三点。

从来都算是个勤奋的人，但不同的是，在北京时我觉得这很正常，心安理得，会在忙碌中生出乐趣；而换到这里，我认为这日夜操劳的生活，哪里是我想象的大理生活啊。

我把眼前的事项，都看成阻挡我过美好新生活的障碍。

我想等到孩子上了幼儿园就好了，等到房子装修完就好了，心里一再催促，快点快点，快些把障碍跨过，便可抵达我的诗和远方。

当然，搬进新家的第一天，这种虚妄便不攻自灭。我以为我跨过了障碍，生活就在眼前了，过吧。

可是我坐在空荡荡的房子里，脑子开始飞快地计划起来，喏，这里需要挂幅画，那里还需要添置个沙发——

我想象着装满后的家，心中升起一丝满足，到那个时候，生活多美好啊。

空想至一半，我自己就笑了。我并不真的需要它们，我只是需要赶紧填满它。

看，旧的障碍过去了，我马上创造了新的障碍。其实，这所有的障碍，即是我的生活啊。

一念转过，我想起泥瓦师傅憨直的笑脸，想起每次来工地沉浸在憧憬中的快乐，想起陪伴孩子每天都有的感动和惊喜。

是谁说过，所有的时代，一旦过去了，就变得美好起来。但其实，每个当下都是我们的黄金时代，包括所有不想面对的障碍。

当生出判定眼前环境及事项好与坏的分别心时，问一问自己，这真的坏吗？就无半点好？时常觉察，时常反问，或许当下就不再难熬。

4

那些人生中的“已拥有”

在大理生活，人来人往，所见的面孔大多一副饱足之态，住久了，会沾染上一种习惯：时常从自己的生活里跳出去，像旁观者一样审视一遍，总是不无惶恐地想，这个人啊，真是拥有太多了!

然后心里跳出另一个声音：矫情!

我们一家三口住在一套二百平方米的三层大房子里。尽管我所在的小区，还有很多人住在比我们更大的房子里，拥有更大的花园和更震撼的窗景，可这并不能让我稍微心安。

天知道，来到大理之初，我只想置办一套供我们三口小家日常起居的小房子，奈何小区里可供购买的，除了一居室，这套竟是最小的。

同样的价格,还可以选择那种上下共四层,近三百平方米的房子。

跟着房产中介看完三百平方米的房子，回头看了眼我家的人丁，还是算了吧。老话说“人气不够鬼气来凑”，我去过朋友家八十平方米的卧室，一百平方米的客厅，进去总觉哪来一股妖风，多待一刻都不愿意。

同样价格，挑了套最小的，中介啧啧叹气，搞不懂你们这些外地人。

可是连人家巨富李嘉诚都要在家挂一匾额，上书：发上等愿，结中等缘，享下等福。

要享下等福，我时时牢记在心。

两年前开始吃素，想要节制口腹之欲，力所能及少享点福。

出去吃饭，总被人问，你是因为信佛才不吃肉吗？我怎么也说不出口，其实为了“少享点福”。恐怕这么一说，对方会直接喷饭吧，就连自己也觉得好笑得很。

宗教上的规矩我倒并不当回事，日本和尚可以吃肉结婚，村上春树的父亲就是关西一和尚之子，也未因此不算修行人。

人与食物的关系，古人总结：“食肉者勇敢而悍，食谷者智慧而巧，食气者神明而寿，不食者不死而神。”

过了三十岁，大概也清楚此生不求勇敢而悍，只想要智慧通达，那必当改变饮食习惯，以让自己的身体与内心不至背道而驰。

再有就是不忍心。如今物流发达，可选择的素食食材极大丰富，营养学上，也无法为“肉食营养无法代替”提供坚实论证；拥有更多选择后，再也说服不了自己，可以仅仅为了口腹之欲，安心享用其他生命。

在媒体上常看到那种一人坐拥几十上百套房产的人，分布在许多城市，我心里暗搓搓地同情，得多少福报，才经得住这么消耗。

几天前，几个朋友聚会吃火锅，聊完工作与八卦，已近深夜，一转头看到窗外明晃晃一个大月亮，月朗星疏，夜色撩人，众人忽然就陷入沉默。

一人提议说，每个人都说说自己还想得到什么，然后再说说你现今拥有什么？按顺序排列重要性。

这种话题，真是幼稚，又像穿越回八十年代，几家人晚饭后在院中闲聊，直至深夜才回家睡觉。

火锅余热拂面，烛光摇曳。月明风清夜，大家各自思索内心的“想得到”，沉默中想了好久。

不知你有没有试过，夜深人静，问自己余生还想得到什么，真不容易说出口。每一项得到，都不会白来，要用余下的生命和时光去换取，如此一想，很多答案就会默默退场。

然后，对于“想得到”，大家最终也没说出个一二三来。

轮到说“已拥有”，人人不做多想，一二三四喷涌而出。

我也说了我拥有的，写下来提醒自己，不时看看。

我拥有自由。不是为所欲为的自由，而是不想做什么就不做什么的自由。

不用上那种看老板脸色的班，不用打卡，不用挤公交车地铁，不用受拥堵之苦。我所经手之事，皆为我所乐意，并且还自觉有一点意义。最幸运的，这事还能在一定程度上，让我获得经济独立。

我拥有亲自带大自己孩子的时间，不用仰赖父母和保姆。我拥有为了养育她而重新学习了解生命的奥秘的意愿。

我拥有稳定的亲密关系，彼此以成全对方为乐趣。

我的父母，不横加指责与干涉我的生活，从职业选择到育儿方式，尽可自主。在我需要时，他们不吝给出最坚定的支持："我不认同你的选择，但我支持你的决定。"

我拥有信仰，并非某一教派，而是对天地的敬畏，对自我之上强大能量的信赖，这使我心安，并时不时可以偷懒，不过多操心我所不能掌控之事，比如未来会如何。这也让我在心生困惑之时，拥有强大的能量支持系统。我看着青山，在心中细说困惑，请天地告诉我答案，没有一次会空手而归，天地与青山总能告诉我可以指引人生的答案。

我拥有一个持久而深入的爱好，这让我特别享受独处，一个人待着可做的事，能想出很多很多，自得其乐，意味着我不必在无谓的社交上耗费太多时间。

所交之友，必是我乐于相处之友；所说之话，大多不是违心之言。而如此交到朋友，也如此待我，我有底气，无论贫富贵贱，他们根本不在乎。

最重要的，我想拥有的事物，都不必花太多钱。这让我不需要为了满足这具身体的需要，而把这具身体变成欲望的奴隶。

我想拥有智慧与通达的境界，想拥有清风明月，与欣赏清风明月的心境。这些，在身体温饱之上，不必花太多钱。

我所赚取的，除了支撑想要的生活，还余出许多。

吃得简单朴素，凡昂贵与难得之食材，基本都不爱。我喜欢吃白菜、豆腐、小米粥，这是真的。

我不用日日打起精神去某个大机构上班，于是，就不需要为上班置出许多撑场面的衣服，棉麻衣裙，运动衫裤，足够。

而如今衣服质量之好，总令我苦恼，怎么也穿不破。我有个规矩，家里衣橱，出一件才进一件，于是，除非我偷偷以人力破坏，否则总也等不到可以买新衣的机会。

我喜欢买书，喜欢买花，这两样花不了几个钱，来了大理，菜市场的美貌鲜花，总是五块十块就给一大把。

每次听年薪上百万的朋友抱怨生活压力好大，我总一脸困惑，然而再听朋友一一讲解钱都花哪儿了，我又瞬间觉得，是哦，压力真的好大。可过后一细想，觉得不对啊。

跟朋友细数我拥有的，抱怨说拥有太多了，好难心安。

朋友说，你废了，你知不知道，有句话叫欲望催人奋进，你这过得白菜豆腐的，怎么奋进？怎么爬上人生巅峰？怎么跨越马上就要关闭的阶层？

觉得朋友说的话好有道理。自己怎么生成这副德行，小富即安，不思上进……

可朋友一走，我立马回复原状。我也畅想过，如果我忽然继承亿万家财，我要过什么生活？真的，我恐怕还是过成现在这个样子。

我恐惧飞行，所以什么拥有私家直升机之类，在我看来哪里是便利，明明是恐惧。我也不喜欢离群而居，那种坐拥整个岛屿数百个房间的庄园，我恐怕是享不了那个福气。

而更多的，没过过那样的生活，也想象不来了。

拍着自己良心说话，我何德何能，拥有这么多。我时常盘算，享了这么多福，要怎么给出去，老天借我这身皮囊，倒是要我完成什么使命？

我也问过朋友，被一脸嫌弃，丢给我一句："你真是，把自己抬到拯救世界的高度了！"

……

嗯，时常盘点一下人生中的"已拥有"，会让自己生出感激。然后在规划未来时，重点就会放在付出与创造上，更多关注想要做的事，而不是我还缺什么。

对这世界不多取也不多予，如果得到不是为了给出，那这得到便没了意义。

如果生命不是用来创造精彩，只是为了伺候这身皮囊，那这生命就如荒漠，青春着却已老了，活着也如同死去。

5

逃离许多不必要

最近，询问我“逃离”北京后过得怎么样的朋友，忽然又多了起来。像这样被以前朋友集中问候，一般发生在两种情况下：重霾持续一周后，以及新一轮“逃离北上广”又来了的时候。

总有人出现周期性焦躁、烦腻、无力时，不去看看自己的心，却习惯归罪于所在的城。然而他们没看见的是，逃回小城和逃出国的，同样会有周期性厌倦和质疑。

人的心，起起伏伏，凡有不适便归于外境，就没有消停的一刻。

逃离，逃得如此热闹，隔一阵就叫嚣一通的人，你看吧，永远在原地。

古人说，静极生慧。古人还说，事以密成。前者说精神层面如何生智慧，后者说现实层面如何成事，这八个字堪当凡人行走世间的秘诀。

要不要逃离，静下来感受自己的心嘛；怎么逃离，更不是大张旗鼓就可以实现的。

○○○

前一阵，我尝试了七天的辟谷，为了验证古人说过的话，如今还管不管用。

《庄子·逍遥游》中写："不食五谷，吸风饮露，乘云气，御飞龙，而游乎四海之外……"说的是仙人行径，虽然在古书典籍中极为常见，但我一直认为这不是凡人可以体会的。

我尝试的是服气辟谷，道家养生法。至少需连续七日，不食五谷果蔬，每日可服枣两枚或枸杞几粒，饮水少许，靠调整气息，吞津服气来将天地能量转化成身体所需。

开始辟谷前，我查了许多古代与现代的资料，印象深刻的一句是：其效用目前缺乏科学依据。

亲身尝试，不抱期待，也不持质疑，坦坦然然把身体当个小白鼠，好歹试一试。

前两天，饥饿感轮番袭来，但一波比一波弱。第三天开始，身体饥饿感消失，我很清楚地感受到，对食物的需求除了来自胃，还来自脑子，胃里不饿，脑子里却很馋。

七日辟谷结束，身体的反应一点点出现：久拖不愈的右肩疼痛消失，皮肤白皙红润，异常光滑；体力精力剧增，每晚睡下去，第二天早上天刚亮就自然醒，身体轻盈而兴奋，像吃了千年人参；不时感到想要飞起来的愉悦，这种感觉对我来说非常陌生。

我无意写养生心得，这纯属个人体验。但这体验像打开了一扇门，引导我在思维方式上彻底反省。

一部研究断食的欧洲纪录片，片尾说了一句意味深长的话："人类基因本来擅长应对饥饿与困境，如今，我们却倒在了饱足上。"

这虽说的是健康，但人生其他层面亦同此理。

我们这样的现代人，无论营养还是信息，方方面面都太多了。再丰富的营养，身体不能吸收，就是负担，会引起疾病。再有用的信息，不能催生智慧，就是噪声，会催生焦虑。

我们需要做的，不是吸收更多，而是适时屏蔽，断食以清空身体，放下手机电脑甚至书籍，让心静一静。

况且如今人们表达观点的方式，常常言辞偏颇，情绪激烈，让人当时看得很爽，然而让你爽的东西看久了，会对深藏着智慧的东西视而不见——它们往往一副温吞吞的样子，只有冷静的心才有耐心多看它们几眼。

生活中，少比多难，简单比复杂难，断舍离比买买买难，慢比快难。而其实，少即是多，简单即是丰富，慢下来才会更快。

现实中，散财比敛财难。赚钱靠创造稀有价值，可以教，可以学，方法得当，在正常的时代，赚钱不是难事。可是，花钱得靠智慧。

如何赚钱，能看出一个人的本事，却看不出一个人的本性；如何花钱，简直就是人性之大显。

工作原因，时常还是要回归一下北上广，在人前晃一晃。聚会中，你说你喜欢什么，立刻有人帮你分析，这喜欢有用无用，是否能做大，如何借助资本，何时成为下一个谁谁。

为什么要成为那个谁？只做自己好不好？可当天天有人约你“聊个项目”，你还能静静做自己吗？

反正我不能，所以我认㞞，和这热闹的人群保持距离，管他们说我错过了几个亿。

逃离逃什么？不是为了更多得到，而是为了剥离许多“不必要”。

来大理后有幸认识了一位书画家，隐居于一处古镇。他们夫妻俩原本在大城市，有房有产，也小有名气。两年前卖了房和公司，搬来大理专事创作。

现今的房子在一大片农田边上，每天所见，是一幅极真实的山水田园图。接近自然的环境不仅滋养了画家的创作，远离以前熟悉的人群，也为他避免了许多不必要的社交。

画家喜静，从小习书画，很有些造诣和境界。即便如此，在曾经的生活里，仍然不堪应酬之扰。熟悉的圈子，给你提供便利，也给你设置没完没了的事务。

当年近四十，自觉到了很关键的创作期，必须下决心选择过一种远离人群的生活。于是离群索居，为了更自由地创作，为了此生离他心中的艺术境界更近一点。

我有幸看过他近几年的作品，前几年的技巧了得但风格未定；搬来后的作品，技巧的痕迹隐去，多了独特的意趣。

很少听他抱怨在城市时的生活，想必这样清醒有追求的人，在哪儿都能过得滋润，只是更高的人生追求，需要更尊重自我的选择来成就。

当然，这样的选择和转换，也经常被人视为犯傻。是好是坏，只有自己明白。

逃离并不是这个时代，我们的专利。

村上春树是日本当代最著名的作家之一，也是世界范围首屈一指的日本作家。作为一个职业小说家，以品质稳定的高产量与独特的文体立世，三十年长盛不衰。

他近三十岁才开始写作，三十年写作生涯中，有两次选择远离人群，决定了他的写作成就。

第一次，三十二岁，决定专注写作这一件事上后，关闭了经营十年的爵士酒吧，切断了大部分社交。每日铁打的作息，不间断地写作跑步，离群索居忠于自我的生活，使他迅速成为日本出色的职业小说家。

从日本走向世界，来自村上春树主动选择的第二次逃离。

当时正值日本“泡沫经济时代”，经济势头雄劲，出版业一片繁盛。作为一个写东西的人，最不缺的就是稿约。职业作家，哪怕没有拿得出手的作品，仅靠零敲碎打的约稿，也能过得不错。

然而，村上春树在《我的职业是小说家》里写道：

“对于眼看将年届四十的我来说，这却不是值得欢欣的环境。有个词儿叫‘人心浮动’，整个社会闹哄哄的，浮躁不安，开口三句离不开钱，根本不是能安心静坐、精打细磨地写长篇小说的氛围。待在这种地方，也许不知不觉就被宠坏了。”

于是，他在八十年代后半期离开了日本，将生活中心转移到外国，离开熟悉的语境和辛苦积累起的读者，逃出去静一静。

明白长远的人生使命和目标，再看眼前的繁荣和便利，就知道它们最容易变成拖住你的阻力。

“这个世界上有很多要由时间来证明的事物，只能由时间来证明的事物。”如果认同这个基本的真理，那么，待在热闹里，还是与之适度保持距离，就不是一件需要费心纠结的事。

是人都会受群体价值观的左右，热闹的人群中，这种力量尤其强大，逼得你不得不放弃自我，追随大流，而大多数人在此情况下，都沦为时代的炮灰。适当远离，或许比盲目相信自己的意志力，对长远的目标更有帮助。

有人说，大隐于市，若你真要修行，在最喧闹的人群里，才是绝佳道场。可是，我等凡人，道行远未达到身处喧嚣、心能如如不动的境界，微小的力气全用来抗拒群体的设置了，哪还有闲心余力来发展小小的志趣。

如果你修为很高，那么在哪儿都一样；修行不到，还是选个与志趣相合的环境吧。这个强大的时代，不下定决心排除群体的干扰，便没那么容易做自己。

然而，没个一技之长可供打磨的人，待在人群中或许最稳妥。毕竟，人多的地方，更容易为你提供一个生计。

我在大理，还不到一年，已经开始适应湛蓝的天空与清冽的空气。一切美好的外物，当你习惯了，都会变得稀松平常。外物不值得追逐，但外物是帮助我们的工具。

我不可避免地被贴上“逃离”的标签，总有人来采访，说请你说说逃离后的生活。

逃离后的生活？我常常口沫横飞翔实描述，不过都是些买菜做饭工作带娃的琐事，对方微微皱眉，恐怕是觉得不够“超出想象”。

生活不是抽象的标签，是一天二十四小时分分秒秒地过，我不过仍在吃喝拉撒思考与写作，每一天的内容，与在北京时并没有根本的不同。能说出来的世间道理就那么些，不同的是每个人获得这道理的体验。

因此我很满足，并时常觉得感恩，得以远离熟悉的人群，在新鲜的天地里看清曾经的得失。

逃离北上广，究竟在逃什么？逃避苟且，逃避压力，逃避拥堵，逃避房价，这都没有错，但又都是徒劳的。如果不知道自己要什么，逃离永远解决不了问题。

逃离还是坚守，不过是一条船，本来要带你去对岸，而很多人却把这条船当成了对岸。

别被这些浮躁的标签干扰自己，重点根本不是逃离，重点从来只有一个：你要什么？你要成为什么？

训练自己间歇性地远离人群，远离主流，这有助于保持一个独立思考的自我。不要总是贪恋圈子的温暖，更不要离开了原来的人群，又迅速钻入新的人群。

时不时离个场，跑出去静一静，你只要安安静静，干干净净，便看得清清楚楚。

6

山那边有什么

二十五岁那年，我结束了第一份工作，并不愿马上进入下一份，一拖再拖晃来荡去，中间竟有了长达三个月的空档。

我收拾了一个七十升的背包，买了一张从北京去拉萨的火车票。出发的动机，非常混沌，没有要逃离的现实，也没有要理清的心绪，更不为去追寻什么——当时青藏铁路刚通不久，在电视上看到沿途风光，不由心生向往。

人的心永远想去山那边看上一眼，并非为了明白，也非为了征服。那时的我，就有着这样的一颗心。

算了算可用于旅行的时间和钱，至少三个月无虞，便决定用于这趟旅程。

在拉萨老城区一家藏式青旅住下，买了份西藏手绘地图，看到从拉萨出发向四面八方延伸出去许多条线路，一时茫茫然，竟不知如何开始这毫无目标的旅程。

于是窝在青旅。高原稀薄的氧气使头脑困倦，便不做他想，行尸走肉一般，在青旅的露台上，晒了许多天的太阳。

后来第一次看到“放空”这个词，我就笑了，原来那般的无所事事，也有一个挺深沉的词。

我身体力行地实践后，发现放空不是人想放空就能空，它必得倚赖对未来不做盘算，与当下现实保持距离，或许还得有灿烂的阳光做外力，才能在人生难得的一些间隙，达到放空的境界。

头脑变得空荡荡，现实之外的启示才得以进来。

在拉萨大街上游荡，路过一家小书店便钻进去，其选书标准与我习惯的城市书店完全不同，如以畅销论，那里的书可算少见的冷僻，大多数我连看懂书名都要费些劲。

悻悻然欲离开，忽然扫到一本叫《与无常共处》的书，简简单单五个汉字，因熟悉而顿生好感，于是抽出它结账出门。

揣着书闲逛，第一次注意到路边磕长头的藏族人。跟着他们到大昭寺门前，眼前人群分作两排，一排面向寺门磕长头，多为藏族群众，一个又一个磕下去，不见变化，也看不到停止的迹象。

另一排倚靠墙根或蹲或坐，多着冲锋衣，戴头巾，看着更像来此时日不短的旅行者，他们眼睛有神却无内容，痴痴以待，又不知待什么，一时半会儿也不见起来。

两排人一动一静，全无声音。这场面把我看呆了。于是捡了墙根一个空处，席地坐下，无聊地想看看磕头的何时停止，蹲墙根的何时起来。

直坐到日落西山，我竟还不想起来，以为是晒太阳让人慵懒，可为何一贯心念流转不停，那时却无念无波。

多年后回想，我才明白，那是生命中珍贵又难得的启示。

后几日，我窝在客栈，独自坐在露台上看那本买下的薄书。时值五月底，不在旅游旺季，客栈人丁稀落，露台上更是日日只我一人枯坐，半天常能喝掉一暖瓶甜茶。

那本薄书，反反复复读了许多天，没有故事没有情节，却使我几次泪流满面。并无悲伤需要抚慰，也无情绪需要宣泄。倒像是心里长出一些东西，让我先前笃定的一切变得有些朦胧。

带着朦胧的疑惑，我搭车上路，除了阿里线，把从拉萨出发的所有线路都走了一遍。多年后我终于确信，那片土地有着迥异于其他地方的能量，短短两个月间，至今生命中仰赖的所有重要启示，都在那里获得。

记得有一日投宿定日小城，城外是茫茫荒原，天色向晚不晚，暗空中乌云翻滚，风从耳边呼啸而过，我独自爬上一处山坡，筋骨劳顿，万念俱寂。

立定而望，像是忽而穿越至上古洪荒，四周没有一丝生灵气息，唯有苍茫天地，和自己隆隆的心跳。

天地之间，孑然一人，孤独是孤独，但为何这茫茫空寂竟让我有种熟悉感，像是多少年前也曾如此伫立而望。

心里长出的东西，和在这世间已拥有的，重要性上似可比肩。第一次感到，所得自是幸运，失去也可坦荡。

更重要的，我忽然明白，我所担心失去的，只是那些现在拥有的东西。人像个容器，得到一些，失去一些，再得到一些，里面装过的东西，从未真正属于我们。这容器，始终面对的，是天凉地荒，独独而立。

从那天起，我便想，要往这容器里装新东西，必定要失去旧的。且看着它们，来来去去吧。

多年后读到舒国治所写：“对于这世界，不多取也不多予。清风明月，时在襟怀，常得遭逢，不必一次全收也。”才觉想必所有个体感受，他人亦曾有过。我又何必汲汲于声名，生怕自己所思所感，无法使他人颖悟呢？

做好这只容器，最要紧是，自我要小，心量要大。

路上遇到一位旅友，六十岁，自退休后开始骑行。

我遇到他时，正逢他欲骑行至樟木边境再入尼泊尔，在拉萨休整。此前他从河北出发，骑行三个多月抵达拉萨。

老人脸晒得黝黑，身材矮小精瘦，老伴几年前先走了，有一个女儿在老家安居乐业。老人将所有退休金用于骑行，自行车不是什么名牌，沿路住青旅，一晚几十块的床位。

我请老人吃饭，他很开心地答应，路上行走的人少有客套。我问他为什么不在家享清福，出来遭罪不说，还危险。他说："在家待着，越待越怕死。南来北去地骑着，忙着活。"

我很幸运，在二十五岁时，老人改变了我对衰老的刻板印象，打破了对于生命的设定。记得当时被年轻的理想和欲望烧得焦灼，总觉当下时不我待，恨不得省去所有过程，直达结果。

窗外不远处，古老的布达拉宫的红墙刚刚翻新，天蓝得空空荡荡，看着老人炯炯的眼神，我心中忽然对人生感到轻松。

今年他六十八了，大年初一给他拜年，他正在东南亚一处小镇休整——两年前结束了环游中国的骑行，他便开始骑自行车环游世界。

忙着死，还是忙着活，自己最知！

那几个月，我在西藏许多路上，都能见到携家带口、变卖家当做盘缠，一路磕长头走到圣城拉萨的藏族同胞。有的用尽半生终于抵达，

有的未能到达，更多的还在路上。

一次同车的一位，探头看着窗外磕头的人，转回头时对我说：“他们在家里好好生产，提高生活水平，干点有用的多好。”

我问：“什么算有用的？”

他答：“就是现实一点的！”

我无言以对。现实是什么？

有了一点经历后，才发现哪有整齐划一的现实。

对于看重金钱的人来说，赚钱就是现实；对家庭第一的人，天伦之乐就是现实；对事业心重的人，拼搏奋斗就是现实；对痴迷自然的人，踏遍青山就是现实；对于磕长头的藏族同胞，一生到一次圣城就是现实。

和现实一样，梦想也成了不可讨论的词。有的人吃饱穿暖就要去追寻梦想；有的人要财务自由才敢谈梦想；有的人说父母在，不远游；有的人，梦想便是带着父母去远行。

人和人的现实与梦想，实在没有高下之分，把别人的现实当成自己的，才会让人求之不得，得之又不爽。

数日前从大理回京，旧友相聚，客套之下常听得：“你怎么这么有先见之明，早早寻了处宜居之地。快帮我看看房，我也想搬去……”

人的心永远想去山那边看上一眼。

然而，“相逢尽道休官好，林下何曾见一人？”

更多人永远也只是想想而已。

7

精进，还是放下？

女儿在大理上的幼儿园，提出的教育理念是：让孩子拥有感知幸福的能力，同时也拥有向外选择的能力。

细细想来，不只孩子，成年人一生所需所求的，不也就这两者嘛。

跨年夜及开年这几日，听了许多关于未来的预测，听完不觉兴奋，反而感到焦虑。世界时刻变幻，速度像是越来越快，我们作为个体，如何跟上？

接着就会想到，要充电学些什么新技能呢？孩子该接受什么教育？甚至理财方向是否要调整？

想来，这样思考的，我大概不是个例。

想尽办法应对变化，为了拥有向外选择的能力，本身无可厚非。

遗憾的是，即便这样做了，也未必直接让人感到幸福。

向内拥有感知幸福的能力，取决于精神质地、关系，以及有没有日积月累地降服内心。甚至日常来看，仅仅是有没有晒到足够的太阳，有没有饱足地睡上一觉，也能影响人对幸福的感受。

选择的能力，和感知幸福的能力，这两者同样重要，无法偏废。

在喜欢的领域不懈怠地勇猛精进，又需时常觉察是否花太多时光在贪求过多上。

二十几岁从媒体出来后，先做了半年自由撰稿人。

稿约渐渐稳定，每日看书写作泡咖啡馆，忙上半个月，就能赚到以前上班时一个月的收入，当时觉得日子好极了。

如果我生在简·奥斯汀的时代，那么这样一种生活，大可放宽心一直过下去，因几十年媒体环境也不会有太大变化。

可不幸的，我所处的这个时代，人人焦虑跟不上它。

半年里，有一家我时常供稿的媒体忽然倒闭，这在彼时还当只是个特例，却也让我警觉——依赖外部平台获得全部收入，始终不是长久之计。

这件小事将我拖入成年后最严重的财务焦虑，我一边节衣缩食，将消费降至底线，以便清楚一个人生存所需，到底需要多少钱。

另一边，开始认真琢磨赚钱，觉得只有足够的财富，才可以带给自己某种程度的写作自由。

伍尔夫说，一个女人要能持久地专事创作，需得有一笔供给自己独立生活的遗产，以及一间属于自己的房间。

这话换在今天，也不过时。理想再好看，绕不过现实问题。

然后，我就跌入了持续好几年的、以赚钱为唯一目的的人生。

什么项目都接，只要能赚钱。跟朋友合开公司，一个文艺女青年，收起敏感的内心，奔波在各种客户之间。

初期还接些稿子写写，后来一盘算收入产出比，写稿明显是最不划算的一桩，便降至优先次序级最末，后来干脆停笔了。

有一年过年回家，我天天在电话里说的都是这笔赚多少，那个单子利润如何，听了几天后，我妈惊恐地瞪我说："你可别变成个钱串子！"

努力赚取立足于世间的条件，逐渐习惯了一切时间支出，都以收益衡量。

每一天思考的是，今年可以再存下多少钱？这个方案怎么做？车是否要换辆新的？房子要装修个什么风格？

"这一生为何而来？要往哪里去？我有没有做自己？"这种遥远的质问，即便夜深人静，也不常在心里出现了，颇过了一段与世和谐相对的日子。

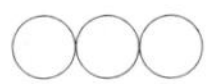

直到有一天，开瑜伽馆的朋友，给我发了个邀请短信，说她们请来一位印度大瑜伽士，邀请我去听其开示。

我第一反应就是拒绝，那时天天忙得脚不沾地，哪有闲空听什么开示。

朋友又劝，说这是多难得的机缘，禁不住劝，只好答应下来。

那天，趁上班间隙，开车赶去瑜伽馆，一路上心浮气躁，觉得实在浪费时间，很是不情愿。

到了后，被召至第一排安坐，周围的人估计大多是刚刚练完瑜伽出来，面色红润，神态安宁。我一身职业打扮加上一身躁气，自觉格格不入。

耐着性子坐定，心不在焉，脑子里在琢磨第二天要发客户的提案。

好不容易熬到最后一个环节，冥想。大家闭上眼睛，逐渐放松，跟随瑜伽士简单的言语引领，进入到一种十分静谧的状态。

我坐在那里，虽闭着双眼，却连一秒都静不下来，念头哗哗地冲过来，焦灼不安。身体一会儿这儿痒痒，一会儿那里不适，心里像有猫抓，片刻不能静止。

不堪折磨中，我偷偷半眯眼看旁边的人，再瞅瞅像已入定的瑜伽士，却正对上他忽然睁开来看我的眼睛，目光澄澈慈悲，意味深长地，对着我缓缓点了下头，闭上了眼。

不过几秒，我猛然在他的目光中看到了自己，潦草、不安，像一团随风飘荡的尘絮。

已忘了当初为什么选择这条向外求的路。

从瑜伽馆出来，冷风一吹，片刻清醒。开车穿行在三环的车阵中，心里明白了很多。

这一生为何而来？这个问题又飘然而至。

想到刚经过的几年，积蓄增加，现实的种种技能提升，却感觉麻木，如履薄冰，常常为很多细节愤怒，内心极少升起慈悲的时刻。几年里没有好好看过一本书，审视自己，竟已面目全非。

好在人生中总有一些上天恩赐的觉醒时刻，让我重新想起了，当初努力想获得立足世间的资本，本是为了能有一天致力于精神的提升。

内心觉醒，不意味着可以迅速解脱，往往先来的是痛苦。

因身体浸在现实的强大惯性和责任里，而灵魂先一步要求结束，反而不知道自己该怎么走了。

估计这是很多人都经历过的困境。

现实种种，已不甘愿，而未来走向，又不清晰。为了认清自己，我借助过许多种靠谱不靠谱的方法。

找过塔罗师，算过八字，排过星盘，只为点滴拼凑起一个我看不清的前世今生。

在兜兜转转的尝试中，渐渐更知道，确乎有一种类似“天命”的东西。

唯有这个东西，是一生的方向。人们常说“做自己”，归根到底，是顺应天命后的尽力而为。

三十岁生日来临的前夜，或许是长久的迷茫终于吸引来外在的因缘，我忘了怎么就看到一篇关于“如何找到你的路”的文章，作者大概是一位灵性导师，因他非常笃定地说出一种方法。

大意如此：

“找一个夜深人静的时刻，先静坐（静坐时间依从平日习惯而定）。然后拿出一张纸，从纸的最顶端开始，一一列下你今生想要做的事，无论它多么荒谬、不可思议，也不要停下，只是持续地写下它。

“直到，那个你灵魂所向的事出现，你会痛哭流涕。

“如果没有出现，则放弃。下一次独处安静的时刻，重复以上动作，直到让你痛哭流涕的答案出现在纸上。”

我当时不太知道这是基于什么原理，并不很相信，可或许是内心十分彷徨，找不到出口，索性试一试。

我那个晚上都写下了什么，至今保留在备忘录里。

确实，在某一个答案出现后，笔停顿了几秒，感到内心被重重击了一下，眼前变得模糊。

现在想来，生命中最重要的转折，都来自清楚了“这一生为何而来”之后。

几年过去了，当初的指引让自己一直身勤心安。不时拿出来看一看，就知道现实的一切，孰重孰轻。

隔了几年回头看，那些为增加财富和技能所做的忘我努力，不是白费，它让我拥有向外选择的能力。

这是人生中的底气，是感知幸福的条件之一。除此之外，重要的，是不懈地去探求“这一生为何而来”。

有一个词：“现实的理想主义者”，大概可以概括这两种追求的平衡。空有情怀而不知如何实现，那只能让别人嘲笑你的情怀。而深谙现实的辗转腾挪，却只将辗转腾挪作为目的，那与咸鱼无异。

庆山说：“业是我们没有完成彻底的事，因此你会回头看。”

“所以，好的方式是，完全地终结手里经过的每一件事，这样才能放下。”

庆山又写：“有生之年，尽量低消耗地让肉身活着，享受简单本真的喜悦，接纳一切发生。尽量高消耗地让灵魂活着，学习、劳作。然后干干净净离开。”

这是我的理想。

8

我生活在时代的乌托邦里

在大理生活的社区，很像这个时代的一个乌托邦。

刚搬来时的新鲜和兴奋退去，住了两年，对周围的观察有了一点相对客观的定见，大概可以算安居乐业了。

新的社交圈，几乎全部是和我一样，从全国各地移居来的家庭。北上广深最多，成都、重庆、杭州过来的，也不少。

甚至我住的小区，因北京来的极多，被坊间戏称为北京“第九区”。小区里停泊的车辆，大多是外地牌照。

大家的背景、价值观多元，却又在许多方面极其相似，我粗粗总结一下，大概集中在几个点：

——注重生活品质。

——愿意在天然、健康的生活方式上消费，钱花在真正影响生活品质的、别人看不见的地方。

——花极多时间陪伴孩子，享受家庭生活。

——90% 以上亲自带孩子，而不会全权交给老人，少见专门雇用育儿保姆的家庭。

——大都有爱好和特长，以此为生，或为此花费掉大量时间。

——大概 50% 以上可称为“小业主”（即经营民宿客栈、咖啡馆、书店、工作坊等）。

女儿上的学校，上百个家庭，集中呈现了上述特征。

最打动我的一点是，父母需以特长立足。

在大城市生活，每个人外在的社交标签，更常见是他的职业身份。隐形而又极重要的标签包括：曾经就读的学校、有无房产 / 有几套房产、是否创业、是否在某个圈层中有话语权。

而如今，目之所及，烹饪、烘焙、摄影、写作、设计、软陶、跑步、登山、中医、茶道——诸如此类的特长爱好，是人们通用的社交标签。

每个人都有至少一项爱好，大量时间花费其上。

孩子们普遍对你爸爸会什么、我妈妈会什么更为自豪，而不太有你家房子多大、我家开什么车的概念，尤其职业身份是极淡化的。

我以为以特长在人群中立足，相比以外在的财务和身份标签立足，更接近一个人的自然属性和本质。

有一次，女儿的邀请日（这一天她可以邀请小朋友来家里），约了她的好朋友来家里玩。

这个小姑娘的父母是开有机农场的，爸爸会自己动手干各种盖房建屋做家具的活，农场里盖餐厅搭猪窝，焊草莓架，甚至简单的水利系统，都是自己动手完成。

我在厨房做饭，听到客厅里两个小姑娘比拼各自的爸爸。

“我爸爸，会盖房子，会做桌子椅子，我爸爸最厉害了！”

在这样的攻势下，我女儿明显处于弱势，憋了半天，忽然想到了，兴奋地说：“我爸爸会搭帐篷，搭很大很大的帐篷。”

孩子爸来到大理，人生头一次为了没有一项可供女儿自豪的特长，颇感焦虑。

过去在人群中的成就瞬间归零，每日开始花很多时间在读书、运动上，并且汲汲于能发现一项爱好，以供倾力打磨。

这真是返璞归真的开始。

社区里，时常组织露营登山之类的活动，一有时间，大家就拖家带口投身自然。几乎家家都置办有露营设备，帐篷、户外桌椅、炊具等。

上一次，十几个家庭一起，自驾到三百公里外一处更原始的湖边露营。傍晚时分抵达，大家支起帐篷搭好炉灶，大锅里咕嘟咕嘟炖着山鸡，香气飘荡于湖面之上，忽远忽近。

山中冷寂，湖水清莹，粉紫色的霞镶在远山上，又映在水中。四周杳无人迹，却有几头牛闲闲地啃着草，踱步离去。

孩子们奔跑笑闹，因天高云阔，朗朗笑声散在山水之间，一时恍惚，自觉如置身仙境，继而感叹自己何德何能，享此福报。

大概有此感触的不止我一人。下水玩耍，一个爸爸静静仰躺在水中，颇久，忽然大喊一声："我就是人生赢家！"

周围一众大人笑喷。

人生确乎有一些千金难换的时刻，感受到天地奇妙，怦然心动，或内心奔涌出狂喜及感动。它们稍纵即逝，影响却恒久绵长。如缓缓注射至静脉的愉悦剂，给了庸碌的生命兴高采烈展开的理由。

那个当下，我心里感慨，又是人生中一个千金难换的时刻。它未经计划，不期而遇，一旦出现，自带某种意义。

这群人，大都在大城市打拼过，或许是心性散漫，不愿受拘束，最终走上了一条不合乎时代主流的自由道路。

初以为要在时代的夹缝中艰难地求生存，未曾料到，竟是如此惬意。

来大理很长时间，我都好奇，这些人以何为生？

每天并不会花很多时间在所谓工作上，但日子好像也都过得挺不错的。

更熟悉后，知道大部分靠经营一点小产业为生，各类客栈、民宿、青旅、餐厅、书店、咖啡馆、手工坊。还有些靠从前积累的资产，比如大城市的房租、股权收益等。

这类职业的共同点是，生活和工作没有界限，头几年最辛苦，逐渐上轨道之后收入稳定，可获得更多自由时间。

早年看到过一个词叫“仓鼠轮效应”——仓鼠拼命蹬动滚轮，以此获得前进的空间，却不知自己一直在原地空转，终生无法摆脱。

大批中产阶层的一生，正像轮中仓鼠，陷在“挣钱、买房、买车、提高消费、再挣钱还债、支撑消费”这个轮中循环，终其一生忙忙碌碌，看似积极上进，却始终与自由无缘。

少数人得以看清这循环，初期奋力开源节流，投资自己，将每一分赚来的钱，花在资产积累而非负债消费上，日积月累，被动收入逐渐增加，终有一日为自己能飞出现实的迷楼，助一臂之力。

在大理生活，我像站在两个世界的中间，时而左张右望。

旧世界里的朋友，大多有高级的工作，收入高，消费水准也高，却一天不工作，这种光鲜的生活便一日无以为继。

大理新世界里的人，像是早就领悟到一定要跳出仓鼠轮的人生奥义，大部分收入来自被动收入，空出时间经营产业、打磨特长，至少走在一条良性循环的路上。

甚至，这里少见穿高跟鞋浓妆艳抹的女子，倒是极多热爱运动的健美人士。

做一个小业主的好处，大概是不必为了退休养老这样的问题过多焦虑，因一生没有明显的工作／不工作的界限，随着时间的累积，只要经营得当，便只会越来越轻松。

而坏处，大概是收入的天花板清晰可见，不要想靠此发大财，以及自主经营一桩产业，需有强大的自律和学习力托底。

在大理的一天，早上所食面包、果酱、酸奶等，来自社区中某几户家庭的手工制作。

每日喝的茶，是从一个专事修行的师兄处买来。

桌上那把郁金香，购自另一个邻居。包子、馒头，甚至菜籽油、大米，也有至少三四家家庭作坊在提供。

女儿的衣服、玩具，多购自社区的二手集市。除此之外，名目繁多、异常活跃的微信互助群，让生活十分方便。

在发达的大城市，包围生活的是一堆机构，这带来了规范和便利，也失去了与个体的连接。当你的生活需要帮助的时候，找保洁、维修，哪怕买一个牛角包，首先想到的是品牌、机构、电话号码。这使生活变得抽象。

在这里，一切生活所需，最先想到的是一张张鲜活的脸。你非常清楚，吃到嘴里的面包，经由谁的手制作而成，并可信任里面所有的配料。吃的大米，如果你愿意，可以去看从插秧到磨米的全过程。

生活不再是抽象的集合，你看到它发生的全过程。

你可能会问，知道这么多有什么用?

我说不出有什么用，我只知道，每一天的生活，真实到可触摸。这具象的过程，给人极多对生活的感悟。

当然，这样的生活也充满挑战，因为没有发达的机构，许多生活琐事只能自己动手。

我们请木工打的家具，找不到专业的油漆工，又希望尽量环保，只好自己动手，给所有家具打磨、上漆，持续近一个月才完成。

第一次自己动手做这些活，清晰地看到头脑纷飞的意念经由劳作得到过滤、修寂，无波无澜。之后溢出真实无缘由的平静和愉悦。

当打磨得熟练些，一点点看到木头的纹理显现，你能感到它真的曾经是一棵树，感受到它曾经的生命历程。

它也曾是自然中一处鲜活的存在，集天地精华活成一棵独一无二的树，又历经多少年来到我的生命里，作为一张桌子、一个书架继续它的存在，这让我由衷生出珍惜的情意。

这种珍惜，并不是铺上厚厚的桌布让它与伤害绝缘，而是在我们共处的时光里，物尽其用，并且尽量长久地陪伴。

亲自动手、使用手作的物品，是对买买买根本的厌弃。时间是具象的，人在一件物品上花的时间会转化为情感，而人对情感的诉求，是尽量绵长。

每周有一天，社区里的家庭集中上课，关于“如何更好地陪伴孩子”，课程免费开设，自由参与。涉及如何倾听孩子、情绪接纳、正面沟通等。

对家庭教育的重视和倾心投入，是这里许多家庭的共同诉求。

曾经多见做父母的倾尽全力，为孩子选择最好的学校。当回到家庭教育，大多便将就了，更难谈有凛然家风可供传承。

因此，我常常为这群人的独立意志和勇气所触动，很多家庭放弃了在大城市上重点学校的可能，跑来这样一个边陲小城，亲身参与到新式教育实践中。

更重要的，大家对教育，有一种难得的放松气质。

或许是在家庭教育上，足够尽力尽心地参与，从而消解了焦虑。

我因此思考，外面普遍弥漫的对教育的焦虑，凭何滋生？

观察所得，我以为一个是不懂教育，因而不能形成自我见地，只好盲从，却不得心安。另一个是家庭教育的真空，父母将对教育的期待全部寄托在别人（学校或机构）手里，却又无法从心底给出信任。

解决的方法，只有父母自己学习领悟教育的真谛，花费时间心力投入地陪伴。这两者，任一条都很难。

因在一定时间长度上，它的效果隐微不可见，只有真正沉心静气的父母，才甘愿把年轻时的大把时间，花在这件重要却不紧急的事情上。

对待孩子，沉心静气，尤是这时代最缺的气质。

前天进影院看《无问西东》，沈光耀母亲对儿子说及那段话，我坐在黑暗中泪如雨下：

“我们想你，能够享受人生的乐趣，比如读万卷书行万里路，比如同你自己喜欢的女孩子结婚生子，注意不是给我增添子孙，而是你自己，能够享受为人父母的乐趣。

“你一生所追求的功名利禄，没有什么是你的祖上没经历过的，那些只不过是人生的幻光。”

我们退守这处小城，整日里与这样一群勇敢又放松的人来来往往，借此享受到人生的乐趣、为人父母的乐趣，一生所追求的，至少不尽是人生的幻光。

我希望这是女儿眼里看到的父母，曾尽力为她展现出人生可以有的乐趣和华彩。它们与他人无关，甚至与时代无关，我们倾力而为，活在自己心中的乌托邦里，是我们内心真正认同的、真实的生活。

有一天她展翅高飞，我想要她心中充溢的，是对世界和人生乐趣的好奇，而不是对功名利禄的欲望。

年轻不过就这么些日子，如此珍贵，因而我们如此度过。

9

当妈后的自我呢

女儿三岁半了，前几日突然想到，自从当了妈，我竟然长达四年没进过电影院。两周前去看那部《无问西东》，是这几年来头一次。

那天晚上，陪女儿游戏后，安顿她上床，爸爸讲故事，我匆匆出门，一个人开车去最近的影院。电影结束，已近午夜十二点。

开车回家，不过十分钟车程，我以五公里的时速开了半个多小时。

空气里都是自由的味道，街上寂静无声，在一个路口停住，半山上望下去，环洱海的街灯彻夜不息，像山海间的一道霓虹。

我是一个妈妈，同时有一份虽不用朝九晚五，但也颇耗精力的工作，为这两桩事放弃的，只能是自我的时间。

自己全职带孩子的妈妈，大概头上都悬着一把剑，叫作“与社会脱节”，常常一边投入，一边焦虑。

四年没进过影院的行径，大概会被归为“与社会脱节”的典型特征。

女儿开始上幼儿园后，我获得了每天六小时的自我时间，我争分夺秒，如饮甘泉。

在此之前，无论去哪儿，先是身上挂着个孩子，再到手上牵着个孩子。没上幼儿园时，遇上我必须要出的差，也得捎带上她，然后先生跟着，一家三口一起出差。

当妈之前，一年数次的独自旅行，也早就不知是何滋味了。

这种看来毫不从容优雅的场面，是我几年来每天重复的生活，对于曾经标榜女性一定要自由独立的我来说，“围着孩子转”无疑印证了“当了妈就失去自我”的标签。

有一年，老朋友来家里小住，看到我一手抱娃一手利落地做家事，听到我开口跟孩子说话的腔调，不禁肉麻地抖了一抖，掩面惊呼：“你竟然变成了这样！”

“这样”，两个字真是意味深长。

许多朋友屡次约我出去，未遂，理由都是要陪娃干这干那，她们看不过去，说你叫爸妈来帮忙啊，或者请个育儿保姆也轻松些。都被我在心中否决了。

我无意贪图“好妈妈”的标签，只是做任何自己选定的事情，都痴迷于彻底地投入其中。

每一桩事，我都有一种对自己颇为执拗的要求，即“在那个时候，我倾尽了全力”。养育孩子，如果借他人之手，保姆或父母，于我都不能算倾尽全力。

村上春树用“任性自专”概括这种个性，写道：“倘若世间净是像我这样任性自专的人，大概也会令人为难。”

确实如此！

但我更需要在日后不会发生“那时要是那样做就好了”之类的懊恼。

竭尽全力的标准，于我是要确定，自己在当时肯定没有本事做得更好了。

唯有如此，才能心安。

因此我坦然接受的一个事实是，我无法做到一边带孩子，一边塑身美颜做辣妈，一边保持高产的创作，一边还能拥有正常频率的社交生活。

一件事上的广度和深度，不能在同一个人生阶段内兼而得之。

因此，从来不羡慕斜杠青年[1]那样仿似开挂的人生，因其要么先天能量就异于常人，要么在追求广度中，暗暗地牺牲了深度。

“凭时间赢来的东西，时间肯定会为之做证。”

1　斜杠青年：源于英文slash，出自《纽约时报》专栏作家麦瑞克·阿尔伯撰写的书籍《双重职业》。指的是不再满足“专一职业”的生活方式，而选择拥有多重职业和身份的青年人群。这些人在自我介绍中会用斜杠来区分，如：张三，记者/摄影师/作家。

〇〇〇

看过梁宁写的一篇文章，讲到“沉浸感”，即人一段时间全然沉浸在某件事上，这种“沉浸感”，催生幸福和满足。

这一点在当妈这几年，有深切的体会。

怀孕伊始，便决定与过去的忙碌一刀两断，亲手养育她，成为生活中优先级别排第一的事情。

因为和母亲的关系，是人一生中所有关系的基础和源头。在我们这代人身上，看到了太多妈妈是女儿一生的阻碍和功课的案例。

因此由始至终，作为妈妈的我，只有一个诉求，我不要成为她人生的功课。

这几年亲自带她，自己一同学习成长，逐渐能将“不成为她的人生功课”这个大的诉求，做一些细小的解读。我曾郑重其事地写在日记里，作为未来日子对自己的提醒：

1. 情绪平和。

2. 觉知／放下任何想要控制她的念头。

3. 不给她传递“未来她该怎么过”的期待，给她“你可以过好人生”的信任。（这一点，后来在女儿幼儿园的教育理念中看到类似的表述：期待伤人，信任养人。非常认同。）

4. 无条件给出爱，无条件接纳。

5. 不懈地提升自己的认知，磨自己的心性。

6. 永远不要求她回报，当她成年，对她说：“你不欠妈妈任何东西，你可以了无牵挂远走高飞，妈妈也有自己热爱的事。”

当时边列边想，若能如此，母女一场，足够心满意足。

因为孩子，这几年我获得了极大的成长，表面看似乎陷入失去自我的境地，只有自己知道，少看几场电影，少些独处的时光，少了解一些最新的潮流资讯，又有什么要紧？

当你掘地三尺，在某一项任务上倾尽全力时，自我所有的面向，都在这种“沉浸感”中得到了全面的升级。

女儿自小节制，别人送她大盒糖果，交由她自行保管后，她会自己配置每日数量，一日一颗，绝少贪嘴。

生日时爷爷递来两大盒巧克力，她竟吃了两个月之久，每日拿出一颗吃完便放回原处，再不贪恋纠缠。我们不叮嘱不限制，暗自好奇，小小年纪的自持，真是让人惊讶。

三岁起，她每晚睡前将自己第二日去幼儿园要穿的衣服搭配妥当，整整齐齐放置床尾，第二日一早穿上。

有时我换副耳饰，去接她时，她盯着看一会儿，忽然来一句："妈妈你好漂亮。"

给她做了吃的，也会说："谢谢妈妈给我做好吃的。"她说过很多次，我每次听了，还是会觉得感动。

幼儿园每天有晨会发言，小朋友说自己开心的事，有一次我在当天的老师记录里惊骇地看到她说："今天开心的是，早上爸爸给我吃了屁屁。"

第二日，她又发言说："今天开心的是，早上妈妈给我吃了树叶……"

害得老师开玩笑问我："你们就不能给孩子吃点正常的嘛。"

……

晚上躺在床上给她念诗，我自己先陶醉其中，她在一旁安静地盯住我，脸上表情细微变幻，有时新鲜好奇，有时跟着摇头晃脑做出享受之态。

某一日，她自己边玩边哼着自编的调子，几句之后，唱词忽然接续为给她念过的北朝民歌：

> 敕勒川，阴山下，天似穹庐，笼盖四野，
> 天苍苍，野茫茫，风吹草低见牛羊。

古雅的诗词配上童音，一种将人定住的气氛，听得我入迷，大气不敢出，生怕打断了那个幸福的场景。

养育孩子，诸般劳累，但震动和狂喜，也常常不期而至。

纵然如此，我从来也说不出“生孩子让一个女人的生命更完整”这样的话。并且，也丝毫不认同它。

孩子、婚姻、职业，这些是一个女性自我之外的附加项，它们不会凭空让人幸福、完整，根本上还是取决于我们跟这些选项的关系。

上周参加社区课，听到关于“生育动机”的阐述，恰恰应和了心里长久的思考，很受启发，记录如下：

> 当代中国女性的生育动机，大致可以划归三类：
>
> 1. 爱的溢出，即两人相爱不止，生个孩子共同养育作为爱溢出的载体，如小说里写“爱的结晶”。
>
> 2. 随大流，完成生育任务。这背后常常是老一辈给压力，以及迎合主流文化中将女性作为生育工具的声音。
>
> 3. 生个孩子来继承家产或者分家产，多出现于嫁入富贵夫家的女性。

三种不同的生育动机，先天地决定了生孩子对于妈妈的自我而言，是损耗还是助力。

我们若是观察一下周围抱怨“当了妈会失去自我”的妈妈，会发现她们大多持第二种生育动机。

我想说的是，女人的自我没有那么好失去，生命里迎面而来的每项任务，都可以成为塑造自我的工具，可以成为我们通向完满的道路。

需要做的，恰恰是忘我地投身进去。

有读者问我，如何看入世和出世的关系？似乎我的“逃离”生涯，先天拥有了出世的意味；然而我又劝人对每一桩应尽之事，都全力完成，再尽力放下，态度颇为入世。

入世，出世，年轻时没有定力，倒是常想些这样的问题。当了妈这几年，一边顶着出世的标签，一边奋力过劳碌的生活，发现这些不过只是个标签。

一次，陶行知问弘一法师：“您对人生有什么看法？”

法师回答：“总是忙于诸多应尽而未尽之事，还未及想过对人生的看法。”

这几年，真正悟出了其中的意味。

如雷蒙德·卡佛所写：

“我们能够带进坟墓里去的，归根结底，也只有已经尽心尽责的满足感，以及拼尽全力的证据吧。”

10

妇女到女神的这些年

妇女节，唯一一个岁岁年年名不同的节日。妇女节—女人节—女生节—女神节—女王节，短短数年，我们就从劳动妇女一路荣升为神仙和大王。

当然，把我们捧上天后，人家背后的词儿是这样的：

——当了女神了，就得有个女神样，要宠爱自己哦！

——怎么宠爱？

——买买买！

再不就是：能为女神买买买的男人才是真爱！

苦心命名的人，既害怕触动关于性别的敏感神经，又虎视眈眈盯着我们的各种卡，百般斟酌，也是够难的。

上世纪波兹曼还曾忧心忡忡地撰写《娱乐至死》：“过去，人们是为了解决生活中的问题而搜寻信息，现在是为了让无用的信息派上用场而制造问题。”

如今再看，倒像在说“消费至死”：过去，人们为了需要买买买，现在是为了让囤积的货品卖出去而制造话题和节日。

据说，女人成了新中产消费的中坚力量，我们左右自己、男人、全家的消费方向，因而成了所有电商拼死争夺的目标。

于是，本是纪念争取女性解放的妇女节，如今被我们用买买买来重新定义。

我时常犯阴谋论，妄自猜想，正是对性别重新定义引起的焦虑，在帮助时代榨取我们的血汗钱。如果只是女人们因生活需要买点东西，如何能支撑起当下的消费繁荣。

早前，女人要贤良淑德相夫教子；后来，女人要顶起半边天；现在，女人既能在家相夫教子，也能出来拼杀职场，拥有嫁不嫁生不生的理论自由，可选了任何一条，都会有一堆人出来对你苦口婆心。

以致每一种选择里，都有浓浓的焦虑。

我的一个朋友，先生事业小成，家境殷实，育有两子。为了给孩子最妥帖的照顾，生完第一个后，便辞职在家，做了全职妈妈。她一直强调，自己不是传统的家庭主妇，因为雇有保姆打理日常家务，她的主要职责是育儿。

回归家庭之前，她的工作成绩就很亮眼，做了全职妈妈后，两个孩子竟也带得得心应手，我对她感叹，能干的女人，真是在哪儿都玩得转。

去年她乔迁新家，我去做客。她带我参观新居，走至主卧，看到床对着的那整面墙，挂了厚厚的白色帘子。她将帘子拉向两边，露出一面顶天立地的“鞋墙”，收藏着五颜六色的高跟鞋，大都是名牌货。我眼花缭乱又震惊，脱口而出：“你神经病啊，这得有几百双……”

朋友笑，近两百双，都是辞职回家后这几年买的，大多数都没穿过。她整天带孩子，哪里有场合踩高跟鞋。

我问她带孩子很消磨吗，她说也不是，就是觉得自己回归家庭这几年，失去了曾经追求的自我价值，听说以前哪个下属又升任高职了，心里就痒痒。平日交往的虽然大都是跟她一样的全职妈妈，可她心里常觉得，自己跟她们不完全是一类人。

我于是明白了那些高跟鞋存在的意义，那是她心头的遗憾，也是心底的念想。

那些把年幼的孩子丢给老人和保姆，回到职场追求经济独立和自我价值的妈妈，有多少人都曾在夜深人静时，怀疑并焦虑着自己的选择？

当了妈的女人，人生的选择常常像一堵矮墙，两边的人互相张望，时不时互相羡慕，而你要她跨到另一边去，她一定是舍不下这边的，只恨不能站在墙头上，同时拎起两头。

那么自由的单身女性朋友呢？

我的一位三十五岁的女性朋友，有颜有才，经济独立，各个方面基本活成了大城市单身女的样本。

可是，她却要承受每周电话中来自亲爹的责骂："你这么大了，还挑什么挑，找不到男人结婚，就说明你有问题！"父母生活在三四线小城，焦虑独生女要孤独终老，成了一块重重的心病。

职场上的挑战都没有轻易让她掉泪，却在又一通这样的电话后，哭着打给我："我觉得我真的会孤独终老的，有时很绝望。"

而那个回归家庭的鞋控朋友，也时常要听父母的唠叨："我们精心培养了那么多年的女儿，最后竟回家给人家带孩子。"

除了家庭内部的质疑，社交媒体上，迷恋于输出定见的人士，轻易便会说："结婚生子后，女人也一定要保有工作！"或者："当妈却没空陪孩子，你再成功也是失败！"又或者苦口婆心地谆谆教诲："家庭妇女在社会上没地位，所以亲爱的，不要轻易尝试它，无论男人还是孩子，都不值得你用放弃工作来换取！"

这些都没有错！可是过于绝对了。一副"为你好"的面孔，把自己的选择，说成是唯一的正确。

可是生活有多复杂，每个人的处境有多错落迷离，不是真正身处其中的人，又如何能这么轻易地指手画脚，随意判定?

非此即彼、非黑即白的定见，催生的不是性别的自由和平等，而是女人积于内心的深深焦虑，是男人扛于肩头的重重压力。

焦虑之下，许多女性做出了尽量折中的选择，在家庭和社会要求女性履行原始职能的压力下，选择生育；又在社会对女性独立的价值鼓动下，选择把孩子交给老人或保姆，回到职场实现自我价值。

选择没有对错之分，重要的不是选择的结果，而是选择的初衷。是因为喜欢孩子，去生孩子，而不是什么“生孩子会让你的生命变得完整”之类的论调；是因为热爱工作而回归职场，而不是因为“不工作就会失去自我”的恐惧。

最重要的，是不把男女标签看得太重，而先以一个人来看待。

没结婚的三十岁以上的女性，不被贴上“剩女”的标签；不想生育，不被说成“不像个女人”；回归家庭，不被评定为“放弃自我”。同样，男人不愿为女人付账单，不因此被视为“渣男”；男人不想结婚，不被贴上“不负责任”的标签；男人撒娇，哭泣，回归家庭当个暖男，能不受到非议。

社会在性别上的进步，在于大多数人有自由做出最适合个体的选择，而外界能给出基本的包容；甚至不需要包容，只需无感。

没有什么选择会让一个人凭空完整，或凭空失去自我。婚姻、工作、家庭、孩子、自我，都是人生道路上摸到的一张张牌，每一张既是生命的奖赏，也是未完成的功课。重要的不是每一张的牌面大小，而是打牌的人。

那些把任何一张牌的作用极力夸大或贬低的言论，尽量不听。享受奖赏，尽力完成功课，从中得到智慧。

11

通往自由的路

以前曾有一位主编对我说，每个人来这世上都有不同的功课（使命），有的为体验，有的为完成某件事，有的是还债，还有的是累世的修行人，此生带着任务来。

语罢，她盯着二十五岁的我，缓缓说，你要及早感知到属于你的功课。

当时我心里窃笑，觉得这也太神道了，反问她，那您的功课是什么？完成了？

她听出我语气里的不屑，摇头笑了笑，闭口不言。

不屑归不屑，但她的话还是像种子一样，埋在了我心里。

近几年，或许是我的心气更沉静了些，开始有意无意地，总是想起她说的话。

再看周围，好像真的总有些人经年累月在恋爱中浮浮沉沉，有些人需要赚特别多的钱来填补内心的空洞，有些人终其一生都在处理亲密关系，也有些人一早就奔向终极的精神命题。

我时常纳闷，别人为何会把大把时间花在我觉得不重要的课题上；而反观自身，我是不是也为了同一个命题，多少年踌躇而行。

人生功课不一而足，却都在左右着我们的心念和选择。

我有一段时间，为了职业方向困惑不堪，终日苦苦思索，觉得这应该是人生最困难的命题了吧。

为了得到点启发，有天下班后，我专程去一位职场前辈家喝酒聊天。

当时她一个人住在国贸附近的高级公寓，年近四十，事业顺遂，没结婚，独居的生活在我看来，清净又自由。

这样的人，一定没有职业困惑了吧，多让人羡慕啊。如果我在她的年龄，能活成这个样子，我就满足了。

那天晚上，几杯酒之后，她慵懒地窝在沙发里，背后是整面墙的落地玻璃，国贸林立的高楼和璀璨的灯火，一览无余。

我问她："我不喜欢现在的工作状态，不自由，但又不知道怎么突破。"

她说："工作这种事，没什么难的，方向对了，努力够了，就会有你想要的结果。几乎所有的职业困惑，都可以倒推在这两点上找原因，我问你，你的方向是什么？为此做了什么努力？"

我想了想说："我想要不受束缚的工作，全凭我自己做主。"

"那你要么有一技之长，要么创业组团队，要么能让钱生钱。三条路你选一条，然后付出所有努力。"

就这么一句，我听得醍醐灌顶。

她接着说："这世上凡是遵照'一分耕耘一分收获'的事，都不难。难的是那些你努力了也未必有结果的事。"

她顿了顿，感慨说："我多羡慕你只是为了工作困惑啊。我的千年谜题是感情关系，半辈子尽折腾它了，到现在仍然一点办法都没有。"

那是我第一次认真地思考，可能真的每个人都有各自的人生功课。

许多人的功课是类似的，比如亲密关系、钱财、出名，甚至做自己。

那我的呢？

浮名浮利向来不是我的菜，我在亲密关系上也挺顺的，好像我也一直都能"做自己"。

直到有一天在给女儿洗澡时，忽然觉察到，我的功课，竟是我一直汲汲以求的"自由"。

连女儿的名字，大名"逍遥"，小名"由由"，多少也是这种执念的投射。

我还常自诩不给孩子以期待捆绑，实则哪能逃得开。

人生功课，如影随形，即便许多人看不到它，它却化身各种面貌左右我们人生的剧情。一天不完成它，就一天得不到解脱。

舒国治曾说：

“人生际遇很是奇怪，我生性喜欢热闹、乐于相处人群，却落得多年来一人独居。我喜欢一桌人围着吃饭，却多年来总是一人独食。”

当年看到这里，内心灵光掠过。

我生性喜欢寂寞，渴望离群索居，却从来不得清净。

我生在一个大家族，父母豪爽好客，朋友极多。记得每回过年，初一至十五，家里人来人往，如同开流水席，一桌人散去，不多时又能凑够一桌人开席。

少时我常把自己关在房间看书，一整天也不愿打开门与外界相对。心里想着，终有一天，我要远走高飞，一个人清清净净地过上许多年。

后来毕业，恋爱，结婚，生子，有了自己的家，无形中却也承继了一个豪爽好客的性格，家里总是人烟不绝。

许多年里，哪怕夜半，都能接到朋友打来倾诉人生困惑的电话。

除了暗暗叹息，耐心倾听，我也从来说不出“请不要来烦我”这种硬话。

以至于一路行来，听了许多故事，主动或被动地解了许多生活谜题，接纳了许多情绪倾吐，竟让我对世事人心有了超出一己人生经历的洞察和感知。

不知道算不算塞翁失马?

后来竟还拥有了“亲和力”这种标签，若是当年面对我年少时一张冷脸的亲戚们知道，不知会作何感想。

对自由清净的执念，大约也在日复一日的与人群相对中，变得愈加强烈。

从十七岁离家、为自己的人生做主开始，我所有选择都围绕“要自由”这条主线。

我不喜欢被束缚，害怕被他人操纵、控制，同时尽力避免对某些东西依赖上瘾。

我先是摆脱掉坐班打卡的工作，成了自由职业者，从而获得了时间自由。

接着，我发现时间自由太表象了，如果没有经济自由，时间自由不过是一种虚浮的假象。

为此，我花了很多时间去攻克赚钱这个难题。有了一点方法后，我又发现，经济自由没有标准，它取决于一个人对物质舒适的感觉边界，这个边界又依赖于精神的丰满程度。

于是，这些年，我在打磨精神世界上颇费了一番心力，大概做到了对精神满足的依赖超越了对物质丰盛的渴求。这意味着，我在一定程度上获得了经济自由。

为了和现实生活不要有太深入的捆绑，我拒绝会长期将我绑定的事情，比如贷款买房之类，一直遵守有多大能力买多大房子的原则，家庭零贷款。

这一点曾屡次被精明的朋友批评财商太低，不懂得利用杠杆获得更大的财富增长，这我也认了。毕竟甲之蜜糖，乙之砒霜。

追逐自由的许多年过去，如今举目张望，聊有安慰。我终于过上了不用坐班打卡，赚的钱足够自己取用，没有物质的匮乏感，精神上感到满足的生活。

然而我感到自由了吗？

并没有。

人一直渴望挣脱的东西，即便挣脱了，仍然存在于我们心里。

一件事上的自由，意味着在另一件事上的不自由。比如告别了打卡上班后，才发现从此那张卡长在了心里。

自己创业，不用打工看老板脸色，这同时也意味着，你多年里会无法享受假期的自由。

我终于愿意承认，在个人成长的维度上，追逐“自由”并不比追逐名利更高级，这些都是自我创造出的执念。

真正的自由是什么？是不再为了自由而要挣脱什么，是在束缚里没有了束缚感，是心无所住，内心没有边界和围墙。

最终，是“自由”这个选项，彻底消失在你的人生命题里。

《心经》中一句“心无挂碍”，说尽了我所苦苦追逐的自由。

以我苍白的觉知来看，心无挂碍就是：

当琐事缠身时，一件件去理清完成，不起对闲适的渴盼。

当无事可做时，享受身心的静止，不会在头脑中生出计划和对忙碌的渴求。

深切地知晓，人生每一种情境都不会永恒。

住五十平方米的房子时，满足于小空间的舒适，而不向往辽阔。住二百平方米时，能珍惜所得，而不贪图更多。

晴天，享受阳光照耀；雨天，感受温润的诗意。

喝到一杯好茶，享受口齿留香的当下，而不生起贪恋下一口的心。

需要赚钱时，不穿着情怀的外衣；追求情怀时，尽量少计较得失。

坦坦荡荡，知行合一，是心无挂碍的前提，是自由可生长的土壤。

我过去常汲汲于获得一位充满智慧的上师指引，而今明白，我的每一天的生活，琐碎或简单，欢喜或伤感，都是生命的上师。

何时让心臣服于当下，臣服于生活，臣服于一菜一粥、一念一行，心不为形役，何时便有了自由的可能。

我终于可以说，在通往自由的路上，我刚刚爬到了起点。

12

越随顺，越辽阔

我坐在自家咖啡馆的角落里，兴味盎然地观察进进出出的客人。

吧台里，我家先生正专注做一壶手冲咖啡，水流凝于一线，小股倾注而下，徐徐不断。

没一会儿，空气中飘起咖啡的香气。

邻桌正小声聊天的客人，不自觉回头瞅了一眼吧台方向，深吸一口气，微微纠结的眉头顿时变得舒展。

“咖啡师”面色平静，神情放松，略带愉悦，与两个月前凝神屏气做好一壶才呼出一口气时的小心翼翼，已然判若两人。

我有些恍惚，生活的大河奔流至此，竟一时串不起我俩怎么切换进了这样的画面中。

一年多前，他还是每日朝八晚八的上班族，一个大国企的中层职员。

每个周日晚上睡前最后的清醒，都贡献给了熨烫衬衣。

那么多年，这一幕出现之频繁，至今想起，画面仍清晰得如在眼前，几乎能闻到熨斗里滋滋冒出的蒸汽。

他极其熟练地打开熨衣板，一摞大概六七件洗净晾干的衬衣，堆叠在一边。他拿过一件，展开，铺平，熨斗行走其上，流畅无阻。

稍作停顿时，我知道，那是熨到袖口和领口处了。

十几年过去，他练就了不到两分钟熨好一件衬衣的功夫。

离开北京，搬家打包时，他对着衣帽间几十件衬衣发呆，问我，这些还要不要留？会不会有一天还需要它们？

我一边收拾一边漫不经心地说，你要觉得以后会需要，那就留着吧。

没想到他一股脑儿摘下来，塞进准备送人的箱子里："不留了，我不想还有那一天。"

把最后一沓儿未拆的新衬衣分送人后，我俩相视一笑，异口同声："至少不用再熨衬衣啦。"

十几年职业生涯，说放就放，于他实在不是一件容易的事。

不像我，从来就像野马，不堪束缚，换个地方生活，充其量是逐水草而居的随顺而为，跟勇气什么的没啥关系，因我并没有为此放弃多么明亮的前途。

于他，山东人，成长环境中对好工作的定义，大致不会超出公务员和国有大企业的范围。

他迈出这一步，牵筋动骨，放弃了职业前途，稳定收入，十几年的人脉资源，乃至主流意义中的社会地位。

人到中年，重新开始，不是在谷底的逃离，而是顺境中的急流勇退，在我看来，才算得上莫大的勇气。

那一箱衬衣，连同过去的习惯了的生活，一同被他抛在了属于昨天的尘雾中。

前路如何，同样笼罩在尘雾中。

站在那个当下，心中除了一些期待，其实更多的，是决定跟随内心、将自己放逐到一片崭新而陌生的边缘之地后，充斥心间无处安放的忐忑。

赋闲在家的最初几个月，他延续着过去忙碌的惯性，将生活安排得满满当当，甚至每天比过去上班时起得还早。

六点，大理的天刚蒙蒙亮，他穿好运动服去附近的山上跑步，一个多小时后，大汗淋漓地回家，冲个澡，给我和女儿做好一桌早餐，然后才上楼叫我们起床。

我受宠若惊，心下却掠过一丝不安。

他维持着这样一种井井有条、节奏密集的生活，以及做什么都要先设好标准的心性，看上去饱满上进，却唯独没有放松。

陪女儿玩，他时常会有片刻的失神，我看在眼里，用力忍住想要探问和安慰的欲望。

那两个月，我明显感觉到他的焦虑和迷茫。

他不开口谈论，我便只好沉默着等待。我知道有许多路，即便最亲密的人陪伴在侧，也只能独自蹚过去。

时常夜半转醒，枕边空空如也，我凝神在黑暗中看一会儿，才看到他坐在窗边的榻榻米上，一动不动抬头注视着窗外繁星点点的夜空。

有时圆月当空，皎洁而清冷的白月光铺洒在榻榻米上，让独自闷坐的身影显得更加清冷。我轻轻地缩进被窝，心微微地疼起来。

我三十四岁，从十七岁和他遇到，彼此相伴走过了一半的人生。

我总是觉得他还是二十几岁的人，总是忘了他已经是一个年近四十，上有老下有小，为了心里那点不肯熄灭的火光而从旧时光中勇敢出逃的中年男人。

我总是忘记他曾是一个多么“用力”生活的人。

有好几年，我们的家离他公司有些远，开车太堵，他每天坐单程近一小时的地铁上下班。

我只坐过两次早高峰的北京地铁，几乎挤不上去，真让人有生无可恋的感觉。

他就在那样生无可恋的拥挤中，日日心如止水地来来回回，我没听他抱怨半句。

他身上似乎有一种能力，面对当下境况，不去评判好坏，只是去承受和转换。

每天两小时的地铁时光，他戴着耳机听英文，几年下来，不动声色地磨炼英语听力。

有一次，他在上班的地铁上站着睡着了，到站时迷迷糊糊被人群挤下了车，又莫名其妙摔了一跤，嘴角不知刮到谁的包上，生生扯开一条口子。

他带着伤，又挤回地铁到公司附近的医院，缝了四针，之后竟赶回公司如常工作。是领导看到他伤势不轻，责令他赶紧回家，这才把他赶回来休息。

犹记得开门那一瞬，看到他嘴角贴着白纱布，上面渗出点点血迹，半张脸肿胀着，上衣胸前是变干发污的血迹。

不等我从惊恐中回过神来，他就笑嘻嘻地、从不能正常开合的嘴里挤出一句话："别担心，摔了一跤，一个很小的伤口……"

很多人的承受，背后是不动声色的崩溃，而我所见他的承受，是理当如此的坦然。

我经常都在探究，他那似乎深不见底的承受力来自何处？

我至今才开始学会臣服于生活，他却好像一早就甘心臣服，甚至心中都没有臣服的概念。现实深处那些所谓的苦涩，他沉浸其中，不觉其苦涩，只是承受、经历，任凭时间碾过。

来大理前，有一晚他极难得地问我，你觉得我做别的能做好吗？

我坚定地说，你这种人，我想不出你做什么会做不好。

他沉默半晌，蹦出一句，大概我什么都不做，会不好。

我想了想，很赞同："或许对你来说，忙碌是舒适区，悠闲是挑战呢。"

话一出口，我俩都愣了一下，进而发现，时代如此鼓吹忙碌，殊不知那正是多少人的舒适区，造了一个人人需要刷存在感的世界。

以致很多人宁愿忙着作恶，也不敢无为而过，因为要喂养自我的存在感。

来大理后的大半年里，他从乍入闲境的慌张，到把时间排满来遮掩慌张，再到终于能闲闲地、安住在那慌张中。

然后，才开始随顺生活的河流，导引出真正的心意。

半年前的一天，家里住了亲戚，我抱着电脑转了一圈，想在附近找个能稍微安静点写稿的地方，遍寻不得，我又抱着电脑回了家。

跟他抱怨说，住这儿就这点不好，想找个安静的咖啡馆都没有。

没想到他脱口而出，我们自己开一个。

我没当回事，说，咖啡馆可是个磨人又不赚钱的事。

他说，这周围没个书店，咱们开个咖啡馆，作为共享阅览室，对孩子们是好事。

我带着一丝探究看着他，惊讶于眼前这个人，一点都不像这些年那个凡事三思后行、做选择时思前想后的男人。

我没半点犹豫地说："好！"

心里暗喜他终于又开始有了不计后果的任性决定，像是又捕捉到了十七年前那个自在放松、自带阳光的男生的一点影子。

那逼迫人上进的现实生活，把我们的光芒消磨得暗淡，但我们永远来得及依靠自己重新生长。

半年后，我们拥有了一家咖啡馆，以鲜花和书充填其中。

以前听说，文艺青年的三大理想——开书店、咖啡馆、花店。从前我很不屑，如今我们竟然俗气地三合一了。

他依然保有要做就做好的心性，去认认真真地上课学做咖啡，回来不懈怠地练习。

从前不喝咖啡的人，现在为了练习，一天喝上七八杯，还经常感慨连连：

"今天学了新技巧，结果我连以前会的也做不好了。嗯，我发现成长的初始，往往表现出的反而是倒退。

"今天老师说，他'才'做了十年咖啡。嗯，我觉得厉害的人，都很谦卑。

“我发现再小的事，往上探索都是无止境的，大概日本的那些匠人，是借助手里的东西，往上走到很高了。”

我听着，深切体会到毛姆说的：“每一把剃刀都自有其哲学。”任何一件平常的事情只要坚持做，总会悟出一些道理来。

他逐渐不再与我探讨未来的走向，不再纠结于自己到底想成为一个怎样的人，让身心穿过许多陌生的体验后，他似乎不再慌张，于每个当下最重要的是，“拿到这份体验再说”。

有一天，他说，我觉得生活变得更辽阔了。

我咂摸了一会这个“辽阔”，想起苏东坡那阕《定风波》，其中饱含的心境，大概恰如他所说的辽阔：

莫听穿林打叶声，
何妨吟啸且徐行。
竹杖芒鞋轻胜马，
谁怕？
一蓑烟雨任平生。

这一年多，总感觉过得无比久长，不被过去的节奏裹挟，过自己的日子，体会到“山静似太古，日长如小年”的景况。

生活逐渐展现出全新的气象。每天傍晚，我忙完自己一天的工作，就去店里待着。

意外地获得了一个可以观察人的现场，倒是做之前没想到的嘉奖。

人多时，我帮忙招呼客人，擦桌子洗杯子，做这些的时候，心里有时会跳出“我怎么在干这些事”的声音，进而很快觉察到，那不过源自我心中的傲慢。

从前一位禅师有一段这样的训示：

> 有时高高峰顶立，
> 有时深深海底行。

所谓随顺，是立于峰顶时不起狂妄，行于海底时不生卑微。真能做到如此，生活的河流才会变得更加辽阔吧。

13

人设

前几天我收到了一个采访邀约，其中有一个问题：

“宽宽”这个IP的人设是什么？

把我问蒙了。

我回她：“难道所谓IP都该有个人设啊？”

“对啊，真实的生活一地鸡毛，经不起围观，都得有个让大众向往的人设撑着。”

瞬间脑补了满大街人设飘荡的画面，没有哪一刻，那么强烈地让我坚定了“真实”的价值。

接下来我拒绝回答任何问题，回了一句：“抱歉，我的人设恐怕不符合你的期待。还是不要浪费彼此的时间了。”

我放下手机，窗外滴滴答答下起雨来，大理像是提前进入雨季，窗外的树木湿漉漉的绿着。目光尽头的一汪洱海，呈现出一种好看的紫蓝色。

也是这样的雨天，我想起十年前有一次采访闾丘露薇，敲定了采访时间后，我列了满屏的问题发邮件过去，她很快就回复，屏幕上却只简短一行：

“抱歉，你的问题让我看到了一个时尚杂志编辑偏狭的视角和肤浅的人物设定，我已不想回答任何问题。”

那是我职业生涯中非常难忘的一刻，很羞耻的感觉。我盯着屏幕难受了很久，转头看到四十九楼的窗外，天色暗下来，稀稀落落的雨丝斜挂在窗玻璃上。

在那刻之外，我收到的职业评价大都是柔和而夸赞的，以致我也常以为自己够专业够深刻。

十年过去，当我敲下上面的字，还能感到些微刺痛。回想当时的自己，确实配得上一个历尽千帆的战地女记者给出的“偏狭”和“肤浅”的评定。

那一刻给我的东西，是从未有过的深刻自省：

我是否待在一个经过粉饰的世界里？

我看到的是否只是这万千世界的一角？

如此，我所拥有的那些认知，是否全然基于自我的局限？

…………

我列了十几个这样的问题，然后很不情愿地发现回答都是肯定的。

那种对自我全盘反省的经历，真的非常不好受。

已到下班时分，周围同事们陆陆续续走了，我坐着没动，电脑屏幕上还有未关闭的文档，我瞥了一眼，看到我写的：“她（当时在写一位女性高管）踩着高跟鞋快速在大楼里穿行，上电梯时遇到一手拎着塑料桶一手抓着块抹布的保洁阿姨，她将目光从手上的资料收回，抬起头冲她一笑，非常友好。”

这种描述背后，如实展露了当时我对一个美好人设的期待（也是对自己的期待）：都市精英，时髦优雅，独立，有教养（通过对“下层群体”的友好态度来表现）。

这才是一切偏狭和肤浅的源头，我后来终于明白了这一点。

宗萨蒋扬钦哲仁波切说：“一个彻底坦诚的人，是无坚不摧的。”

人设的脆弱，正因其对自我和他人的不坦诚。

能被人设撑起，当然也会被其束缚。在自我中扶植一具傀儡，终有一天要面对被长大的傀儡反噬的后果——人设崩塌后，自我的慌不择路。

对人设的彻底厌弃，让我转而接纳自己全部的生活。

想想除了这真实的每一天，以及随之而来的一点感受，我还真正拥有什么呢。

又要从我自己谈起，惭愧。

如今，我沾沾自喜于又多了一个新身份——小业主（放在十几年前，大概叫作小个体户）。这一点都不“精英”，但我竟尝到了其中许多甜头。

我家祖上，往上数几代，出身背景和职业包含：做私塾的、大地主、军阀、教师、公务人员、农民，唯独没有经商之人。

因此，开咖啡馆成了半个小业主后（虽然一个小店实在攀不上“经商”二字），于我们家而言，几乎就是第一个吃螃蟹的人了。

怎么做个合格的小业主，我们心里一点谱都没有。

从刚开业时，见朋友进门就想送点什么，到一言不合就给打折，总之像个豪阔之家那样，送送送！很是充过一段时间胖子。

第一个月过去，月末算账，房租、人工，加上不肯将就的食材成本，一个月算下来盈利无几。

噼啪算上一通后，我们大眼瞪小眼，忽然一起笑起来。

自古就有讽刺读书人的说辞，大都集中在现实层面的百无一用，以此自嘲，倒是很适合。

明白这样下去无以为继，不得不开始像个真正的小生意人一样，精打细算起来。

几周后，我语带抱怨地开玩笑：“原来做一万的事和做一百万的事，操的心是一样的啊。”

想到后世多少人羡慕陶渊明过隐逸生活的恬淡，不用为五斗米折腰，殊不知他每日辛苦躬耕，却依然难使全家饱食。

想学他淡泊宁静，还得准备好承受自己弄来五斗米的代价。

世间万事，左右不出此理。

开创一件从未做过的事，无论大小，都会打开一个新世界，或者带来一个看世界的新角度。

某种程度上，人们外出旅行，或在生活上折腾，都是为打破偏狭和肤浅的认知局限。

于我，再去家附近的小馆子吃饭、买水果，开始喜欢有一搭没一搭地跟老板聊两句。有了自己小店的生意参照，一聊就知道，别人家生意是行有余裕，还是辛苦维持。

那家不到十平方米的水果铺，一年房租十万，比我家店三层的整体房租还高（但愿我家房东不会看到这里）。

我脱口而出，这你怎么赚得回来？

小店主苦笑，先卖卖看，不行就得转出去喽。

临出门时看到一位衣着鲜艳的女人，正将一小筐草莓粗鲁地翻来翻去，挑出最饱满的，放入她自己手中的塑料袋里。

我一时冲动，打抱不平起来：“你这么个翻法，让人家怎么卖？”

这一吼，惊得水果小哥赶紧放下手里的活，过来拉我，一边忙不迭地跟那女人说："没事，您挑您挑。"

一边往外撵我，对我狂使眼色，临了还不忘抓起两个梨塞进我包里。

我气鼓鼓地走出来，还听到那女人抱怨："我不挑新鲜的买，难道买蔫儿的回去啊！"

嗯，人家说的也没错。

卖小面的小铺面，一年房租十万，每天流水五百来块，我一听就惊叹，那辛苦一年只能赚两三万啊！

"所以，你没见小夫妻俩都是自己做吗，不敢雇人，每天八点多开业，晚上十一点多才关门。"先生说。

"原来你早就观察过了啊。"

"做一分事，得专一分心。"他说。

想到小夫妻的不易，我还是有些心酸起来。

从家走到咖啡馆，不过一刻钟。以前在这条街上走，我只关心哪家好吃哪家不好吃，对背后烟火人间的现实并不关心。

许多时候，我们对周遭的苛责，来自自己的无知，因无知造成无法理解，也就无法共情。

烤串店的年轻老板，一得空就坐下打游戏，大女儿放学了回来写作业，游戏声音开得太大，女孩对爸爸说："吵得我不能写作业了。"

她爸盯着游戏屏幕，看都不看女孩一眼，说："去一边写去，别捣乱。"

我坐在他们身后的桌子上正吃着，看到小女孩委屈地挪到稍远些的桌子，一时间恨不得上去揪着她爸的耳朵骂上一通。

几个月没去，再去时店里竟多了个小婴儿，是男人和他媳妇的第二个孩子。

忙起来时，媳妇有时会把小婴儿放在餐桌上，有客人要坐那张桌子，她就把婴儿搬到临近的另一张桌子上去。

有时婴儿哭闹，夫妻俩都顾不上，就把婴儿连同襁褓，搬到里间楼梯边的备餐桌上，任他自己哭累了安静下来。

我又看得心酸起来。什么金奖绘本、亲密育儿法、蒙特梭利，这些在我和女儿的世界里习以为常的东西，有的孩子却很难接触到。

想起朋友们说“投胎也是个技术活啊”，我苦笑起来。

从前我会责备这样的父母，但看到他们所承受的艰辛后，便再也苛责不起来。

即便不能好好陪伴孩子，他们至少也将孩子们都带在身边了，尽管艰难，也没有让她们留守在老家的山村。

那个卖力做生意，闲时打游戏的父亲，也比那些我曾在山区里见到的把一个夏天卖松茸所得的几万块钱拿去赌博，然后一夜之间化为乌有的父亲们强多了。

那些父亲们的家里，除了采松茸的一次性收入，一整年收入竟能少到只有几百块，孩子们连衣服都穿不暖，更别说接受教育改变人生了。

一条街走下来，我心情起起伏伏，时而别过脸去，不愿看那些让心情沮丧的场景，暂且自欺欺人。

走进咖啡馆，看到客人零零散散坐着，安静地看书，这种幸福的画面，略微能安慰一下我一路泛起的心酸。

很多都是熟客了，一来就是小半天，夜幕低垂时起身，看过一半的书他们会做自己的标记，插回书架上原来的位置。

一个大男孩，连着来了三天，每次只点一杯免费的柠檬水，对着一本书看上一下午，我屡次经过，甚至停下来帮他添满水，他都专注地一动不动。

第三天傍晚，他终于合上书抬起头来，对着窗外湿漉漉绿着的柳树静静看了好久，神情宁静，嘴角略带一丝难以捉摸的笑意。

他起身，不发一言地离开。我特别留意了他放回书的位置，待他走后，过去一看，是宗萨蒋扬钦哲仁波切的《正见》。

我忽然明白了，那丝微不可见的笑意是什么。

窗外雨中的柳树青翠欲滴，一时心情大好，心里默默篡改了木心的诗句：

> 诚觉世事皆可感谢，
> 又不知该感谢谁。

因我缘何有幸，可以被安排做这样一件事。

我们做过的事，走过的路，除了给自己以生计，或许最珍贵之处，在于让我们对世界的认知，拓宽或加深那么一寸。

若仍有余力，尽力让手中之事，有助于他人那么一点。世事多苦，然这一桩中，有许多许多甜。

14

做自己有多难

刚过去的三十五岁生日，我做了一次彻底的断舍离，这回终于把衣物成功缩减在十套之内（大理春夏秋三季的衣物几乎一样）。

只留下最喜欢的，穿戴最频繁的，质量最上乘的衣裙。

一边筛选舍弃，一边感叹，还是花了那么多时间和钱，买来许多不需要的东西。

只留下十套，衣帽间里小小一排，一目了然。我得以更清楚，穿戴它们的我，是否是我喜欢的自己。

未来再购进衣物，也会有更清晰的选择标准。

有统计说，今天的美国，平均每个家庭拥有大约三十万件物品。我想，对于很多中国家庭，这个数字也并不夸张。

美国幽默作家威尔·罗杰斯，在二十世纪二三十年代就发现："太多人花费他们尚未挣到的钱，购买他们不需要的东西，只是为了给他们并不喜欢的人留下深刻的印象。”

这一现象在今天来看，有过之无不及。

开始走上以舍弃、不做、减法为关键词的道路，背后是找到了稳稳的航向，和值得灌注心意的生活，这姑且算作阶段性看清了自己、做了自己吧。

近年我们见到“做自己”这几个字的频率十分高，我时常会想，这种对于“做自己”的执着追求，是否是我们八〇后一代的矫枉过正。

我们这一代，少有从小是按照兴趣选的专业方向，高中时学艺术的学生，大多被看作学习不好才走这条路的。

这样的教育结果是，教出来的学生，大都没有一项突出的长处。这是我们这一代的“先天不足”。

毕业工作，又在现实的压力下一路谋生存、谋好生活、谋一官半职、谋财务自由，人近中年，或已经实现了物质生活的理想，或依然没有足够的物质安全感，才想起来，脱离了某个平台，某个人设，半生过去，竟没有一项能与世相对的长处。

即便此时觉醒，想要从头开始，谋一条由衷喜欢的路，成本也十分高了。

一部分人奋力去寻找与尝试，目之所及，一蹴而就的幸运儿少而又少。

大多是反复试错，花掉大把光阴去开始一件起初兴致勃勃、逐渐意兴阑珊、终至索然无味的事。

更多人，安于虽不喜欢却也算舒适的现实，做出一种兢兢业业过日子的假象。

这便是我这代许多人的今日现状，大多数在二十几岁已经活完了一生。

王小波伤感地写道：

> 那一天我二十一岁，在我一生的黄金时代。
>
> 我有好多奢望。我想爱，想吃，还想在一瞬间变成天上半明半暗的云。
>
> 后来我才知道，生活就是个缓慢受锤的过程，人一天天老下去，奢望也一天天消失，最后变得像挨了锤的牛一样。

想来，“做自己”是这奢望里从前以为最容易、后来发现顶难的一项。

许多人陷在“不知何事是自己最爱”的困境里，只好在不爱的事情、不爱的工作间飘荡。也有一些，本意是为了做自己，弄到最后，倒成了什么也不做。前一种，在大城市多见；后一种，来大理后常见。

依我看，做自己的过程，包含三个层面：想做自己，见到自己，能做自己。

想做自己，在我们这一代身上，几乎是时代性的突出诉求。

若你要问，竟还有人不想做自己吗？

嗯，去看看我们的父辈一代，生长于物质匮乏和阶级斗争的环境下，他们的时代诉求是安全与富足。

当子女的总想劝他们做自己，可后来明白他们从没有过自己。

少年时要体谅父母，尽力帮衬家里；青年时为集体；中老年后为孩子，为孙子。落落一生，“自己”如浮云飘过，风吹而逝。

想做自己，之后呢？

得见到自己！听上去有什么难的？

其实这真是旷古难题，古希腊要将“认识你自己”刻在神殿上。中西哲学研究几千年，不过围绕一个谜题“我是谁？”

我们大多数，在“见到自己”这个阶段便几乎费尽一生时光。

见自己和做自己有什么不同？

有人总结：

“这世上，有人做了自己，却未必见自己，有人见了自己，却未必做得了自己。这是人生的尴尬。见了自己而做不了自己，是福气不够；做了自己却见不到自己，是机缘不到。”

若没有见自己，那所谓的做自己，不过海市蜃楼。

有人依赖自然，有人更喜欢在人群中的归属感，这都无可厚非。

只是如今有一种倾向，只强调人是一切社会关系的总和，而忽视人也是由动物而来。

一次和一位朋友吃饭，席中她说了一句："多少人夜里十二点后还在熬自由，说是做自己，却不知违背自然规律，将自己独立放置一边的做自己，怎么可能实现？"

想想实在是有道理。

我们祖先信仰"天人合一"，用多少经籍告诫后代，要清楚自己是立于天地之间，来自自然，被万物滋养，我们的做自己，不可能独立于天地万物之外去实现。

今天多有人以"做自己"为目标，却只做让自己感官舒服的事，从不忍耐熬煎，一路"潇洒"，直到最后丧失了在现实世界的选择能力。

以致人生规划师古典老师要捶胸顿足地感叹："我最怕听到年轻人说要'做自己'！"

这其中的尴尬，或许正如尼采的总结：

"人生最艰难的时候不是没有人懂你，而是你不懂你自己。"

何时才算懂自己，尼采说：

人的精神有三个阶段：

骆驼，忍辱负重，一切听从别人的建议；

狮子，开始说"我要"；

婴儿，"我是"的状态，活在当下，享受当下。

见到自己，懂得自己，是摆脱了他人的期待，超越了外界为你创造出的欲望之后，终于敢直面本性的那一刻。

你是谁？去掉职业标签，去掉世间角色，去掉种种拥有的物品后，你是谁？

当时被问到这个问题，我整整想了一天。

做自己，是当今时代尤其不易实现的一种状态。

我们接触到的大部分物品和信息，都以贩卖焦虑为手段，以致我们时常面对新的诱惑，新的物欲，新的目标，新的人设，新的生活方式，甚至新的修行方法。

穿过层层迷雾之后去做自己，太难了。

就我自己的经验来看，做自己最大的陷阱，莫过于“活成你想成为的样子”。

这有别于“活出真实的自己”。

犹如克里希那穆提所说：

“我必须知晓我自己，不是我思想上想要变成的样子，而是真实的我自己。”

两者的区别细微。

活成你想成为的样子，路径是：

我想要（目标导向）——去做——获得（现在以为的）理想的生活。

活出真实的自己，路径是：

我是谁（存在导向）——去做——成为独一无二的我自己。

你看，都是去做，因为出发点不同，导致的结果也不同。“活成你想成为的样子”最大的风险在于，“我极其努力爬上了山头，才发现爬错了山头。”

目标导向的人生，关键在于设立目标，权衡利弊，过程监控，结果复盘。这种人生，可控，可计划，但是脆弱，也少有惊喜。

存在导向的人生，重点在于向内觉知、省察、探索，接纳自我，在激发潜能中创造。这种人生，不断试错，折腾，但是坚韧，常有超出他人期待的结果。

现实中看，这两种导向的人生似乎没有好坏之分，短期内，目标导向的人生，更可能获得大众眼里的成功。

然而，就我们珍贵的生命历程来看，忽视生命本身携带的意志和巨大能量，不能不说是莫大的遗憾。

可悲的是，我们的时代，压倒性的信息环境是在为你创造“想成为的样子”，并拼命设置障碍，阻碍你认清“真实的自己”。

拥有成了一件值得炫耀的事，而导致我们忽略了一个事实——所拥有的事物对自身也是一种占有。

“拥有”是看清自己的过程。没拥有过，没体验过，又何谈喜欢或不喜欢。但拥有不是目的，“舍弃”，才是做自己的必经之路。

八〇后人偶制作人胡晏荧曾有过一年换五份工作、干一行恨一行的经历，这种集中试错的行为，其实是一种在职业道路上的逐项舍弃。

她舍弃一份份不适合自己的工作，最终接近那条隐于迷雾丛林中的、最适合自己的小径。

日本茶圣千利休，有这样的名言流传下来：“所谓茶之汤，仅仅是烧水、泡茶、喝茶而已。”

“仅仅”的意思，实际上是“全心全意”。将不必要的东西全部舍弃，留下的，才是值得你灌注心意的部分。

唯有灌注心意，使自身与物品、与世界、与天地完成深刻的联结，最终成为一个能在稳定的坐标轴中获取持续能量的自己。

那种安定、满足、别无所求的平静感受，当你尝过，就明白一切舍弃都值得。

事实上，从来就没有一个完成的、不变的自己。在每一桩灌注了全部心意的事情上，我们得以塑造自己，成为自己。

所谓做自己，不过就是这样一种简单轻便的过程。只要你想，其实人人都可以。

15

向死而生

最近，女儿频频提及生死的话题。

那天，她从幼儿园回来，一进家门就问我：

“妈妈，有一天你会去世，是吗？”

我说：“是的，每个人都会去世。”

“我会送你去医院。”

“可能妈妈去了医院，也还是会去世，但你能陪着我去世，妈妈会觉得很幸福的。”

“那我也会去世吗？”

“会的，很久很久之后，等你很老很老的时候。“

“我去世时你能送我去医院吗？”

“那时妈妈已经去世了。”

……她眼里开始闪泪花：

“那谁陪我去世？”

“会有你爱的人，他们会很爱你。”

“他会像爸爸妈妈一样爱我吗？我怎么找到这样爱我的好朋友？”

“会的，有一天你会遇到。”

她不说话了，我以为话题就此结束，过了一小会儿，她忽然说：

“妈妈，你晚点去世好不好，等我遇到爱我的人，你再去世可以吗？”

“妈妈答应你，妈妈会好好保护身体，活得老一点。但是，你要答应妈妈，有一天妈妈去世了，你要像妈妈爱你那样爱自己。”

“好的，妈妈，我答应你了。”

说完，她好像有些放心了，开心地转身去玩。

看着她的背影，我心里跟自己说，要好好保养身体，让告别来得晚一些。我要更爱她一些，让她在我们告别之后的余生里，拥有爱的盔甲。

我不知道其他父母如何跟孩子谈论死亡，但真的，有了孩子后，告别成了时常会思考的问题。

那天，我看着设计图纸，一旁的女儿问，这是什么？

我说，爸爸妈妈给你在很美的田野里，留一处房子。将来你满世界跑累了，想要找个地方安静地休息，就回到那里。

"爸爸妈妈会在那里等我吗？"

"可能会，也可能我们已经去世了。"

她顿了会儿，忽然满眼是泪地问我："那我去那里干什么？"

换我无语。

我人生中第一次经历死亡，是十八岁在北京上大一时，有天下了晚自习，回宿舍接到老家打来的电话。

奶奶死于手术事故，一个小手术，麻药过量，她再没醒过来。

也因此，我和她没有告别。死亡是一个概念，理智上清楚，感情上却不起一丝波澜。

长辈中，奶奶和我最亲，我从小在乡下奶奶家度过很长的学前时光，和上学后许多个寒暑假。

回老家参加她的丧事，北方的小村子，还保留着最传统的仪轨，复杂烦琐。

在厅堂中设灵堂，棺材放置在灵堂正中，供家族众人吊唁。每有人来，家中女眷需轮流哭丧，要求哭声洪亮，不停顿，眼泪不止，且需念念有词。

我是亲孙女，需要承担这样的角色，可我完全哭不出来，以致一见有人走近灵堂，我便赶紧躲起来。

停灵十三日，规矩纷繁，每一日都有说法。出殡那日，家中老少女眷需围在棺材旁，俱扶额大哭，或真或假，只求哭声震天，以示逝者生前的高尚风范，及家人的痛惜与惦念。

我挤在姑姑婶婶表姐堂妹中间，众人将奶奶的棺材团团围住。听到起灵的指令，静默中哭声顿起，哭了十三日了，此时不知还有几位是真的因难过而哭。

忽有一嘶哑嗓音从一众哭声中冒出来，夹带一句词，犹如小时候跟着奶奶看戏时，戏台上的唱词，一瞬间，我竟然开始大笑不止，笑得眼泪直流，丧事操办人一把把我拉出围棺的人群，又一把把我塞进一旁跪着低声哭泣的人中，我才能稍微止住一会儿。

村里许多围观的人，在那里指指点点，我在自己的笑声中，捕捉到风里传来的一些闲言碎语：

“那是老人生前最疼的孙女，你看她，一声都不哭，真是个白眼狼啊。”

我跪在那白花花一片的人群中，脑子一片空白，对自己的行为极其震惊，心里认定，我大概是个彻底凉薄的人。

三年后，姥姥死在北京的医院里。食道癌，做了手术，从检查出来就住进医院到离世，短短两个月，经历了现代医学进步发展出的种种“酷刑”。

我去跟她告别那日，从学校打车到医院，看到病床上小小的一个人，身上插满了各种管子。

几乎不能想象，两个月前，姥姥还是身强体壮、高大刚强的一个女人。我呆愣在床前，一句话也挤不出来，静静听家人一一说着告别的话。

后来每提及姥姥的死，家里人最后悔的，是临终前不该那般治疗。强行挽留一个本可以不必那么痛苦离世的亲人，不知道究竟是孝还是不孝。

所以妈妈时常一遍遍地叮嘱我们，如果有一天她病入膏肓，千万别给她治，让她好好地离开。

我们当玩笑话听，插科打诨地糊弄过去，心里却真的犯愁，真到那一天，未必能做出对的决定。

从十八岁到现在，我人生中的如花盛年，也是家族中亲人密集离去的时期。各种各样的死法，犹如生前各种各样的活法。

从愣怔着接受到主动思考，死亡于我最大的意义，是让我对生命有了敬畏，对活着有了底线，对死去有了谅解。

再看到那些挥霍无度占有无度，以为自己会长生不老的行径，心里会觉得同情，而不再是单纯的愤怒。

有人说，向死而生，是最积极的活法。真切地知晓我们是会死的，人才会知止。

假如知道余生还有多少时日，那什么该做，什么不该做，什么该执着不懈，什么该让它随风而去，就不至于总是纠结。

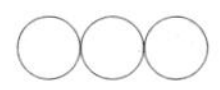

前些天看报道，说科学家即将研究出人类长生不老的方法，一种是通过器官、细胞的替换和再生技术，让身体不死。一种是通过将意识上传至云端保存，让意识可脱离肉体，独立存在，永不消散。

我看得失笑，人类追求的，竟是一具行尸走肉的躯壳，或一缕飘荡不散的孤魂。

即便我有生之年那一天到来，我也是不从的。

大概会像妈妈叮嘱我“千万不要给我过度治疗”一样，叮嘱女儿“千万不要保存我的意识”，求你们让我完整地生灭。

今年过年回家，听家人说，我独居的大伯，一个人在老房子里，不生火不做饭，不吃不喝在炕上躺了五天。

北方的隆冬有多冷啊，幸好他的儿子回去看他，才把奄奄一息的人救下。

大伯所在的那处院落，有两进，后院住过爷爷奶奶，前院里大伯一家四个孩子在此陆续长大。我亦在那个院子里度过许多童年时光。

夏日烈阳下，奶奶会晒一大盆水给我洗澡，记忆里有暖暖的水，微凉的风。院子里有一棵老杏树，许多夜晚，几家人一起坐在树下纳凉，孩子们爬树荡秋千，大人们絮絮地聊天。

夜空中银河清晰可见时，人们散去，整个村子沉入无边的寂静，只有偶尔几声狗吠，划破沉沉的夜。

老人一个个离去，孩子一个个长大离开，终于这整个院子，只剩下大伯一个人。

我听家人说他绝食的细节，嗔怪他不懂照顾自己，我竟觉得特别理解他。

或许那些独居的暗夜里，大伯会想起在这院子里长大、娶妻、生子、盖房子的一生，回忆里热热闹闹，觥筹交错，现实中，一盏青灯，四顾无人。

曾经的热闹，到如今的孤寂，不过才三十年。

如果真有神灵，我真想在心里祈求，倒不如如他所愿。有时生未必喜，死未必哀。

大概我真的是个彻底凉薄的人。

你试看他青史功名，

你试看他朱门锦绣，

繁华如梦，满目蓬蒿！

能抓住的，不过眼前这些岁月。趁着无常未至，心血未冷，好好做每一件手头事，好好爱每一个经过的人。

16

买学区房还是环游世界

很少看朋友圈，有朋友转发我，才知道又有篇热文在父母中间传播，关于八百万学区房和环游世界的。特意搜出来看了一下。

不想讨论学区房要不要买，带小小孩环游世界有没有意义，我相信每个家庭都在尽可能给孩子最好的教育环境和资源。

至于“最好”的标准，根植于父母的三观，各家必然会不同，实在没什么可比较的。

上小学二年级时，我差点失学。

因为老师每天布置大量抄写作业：这篇的课文抄十遍，那篇的生词抄二十遍，诸如此类。

没完成作业的学生，老师会用戒尺在手心里重重地打，缺几遍打几下，打完还要罚他在教室外面站一节课。

我从小就是个脸皮很薄的小孩，受不了当众挨罚。因此，每天放学回家，只好乖乖地抄啊抄，没有时间玩耍。

一天天过去，我觉得自己快要抄成个呆瓜。

爸爸最先受不了了，他总是说："你出去玩，不要做这些没有创造力的作业。"

可是，做不完作业会挨打，我不敢。

爸爸不再说什么，但听到爸妈讨论我的学校的次数逐渐增多，那已经是小城里一所不错的小学了。

有一天，爸爸忽然严肃地说，不要去上学了，他每天下班回家教我。

还跟我妈说："那么有灵气的孩子，会被这种教育毁了的。"

上学竟可能毁了人！那是我第一次听闻这样的"歪理邪说"。

我爸的提议遭到了我的激烈反对，那时不上学的孩子，会被同学们看成异类，我没那个胆量。

妈妈也无奈地说："咱家是搞教育的，自己孩子却不上学，这怎么说得过去。"

那时除了公立学校，没有其他选择。爸妈都有工作，我不上学的话，白天就没了去处。所以在我和我妈的坚持下，我还是继续上学了，但我爸和我达成一个协议：

每天的抄写作业，我只能写一遍，剩下的九遍也好，十九遍也好，爸爸会模仿我的笔迹，全部抄完。

我听到这个建议时都震惊了，这万一被老师看出来，后果简直不敢想。

第一次拿着做假的作业交给老师时，我忐忑至极，手心的汗把作业本的边角都泡软了。

我觉得一定会被当场戳穿，那一幕至今铭记在心——老师拿着作业意味深长地看了我一眼，就在作业末尾划了个大大的红勾，竟还给我了。

这就表示通过了！我很惊讶，又窃喜不已，从此欣然接受了爸爸的提议。“没有创造力的作业”全部由我爸完成，我多了许多瞎玩和看闲书的时间。

后来长大些才明白，或许是爸爸找老师谈成了什么条件，既不公然反对老师的教育方法，也能让我成为这种教育之下的漏网之鱼。

那时我把爸爸的行为视为对我的一种纵容，犹如我要五块零花钱，他总是给十块一般的纵容。

长大后才理解了他的苦心。用我爸的话说，是在夹缝中艰难地保护孩子天生的一点灵气。

于我，学到的是面对权威也要独立思考，“灵气”很重要，还有反抗的策略和方法。

还有一件事，到现在都记得特别清楚，小学三年级时，我沉迷于一本小说《穆斯林的葬礼》。

那时和课本无关的书，都被视为“闲书”，学校和大多数家长都不鼓励甚至不允许看闲书。我家是班上的闲书之源，爸爸的书满坑满谷，我想看什么看什么，从来没有“正书”“闲书”之别。

有一晚，爸妈在里屋看电视，我在外屋看那本小说，正看到结局，年纪小没见识，泪点超低，边看边哭得上气不接下气，眼泪哗哗地湿透了半本书。

妈妈听到动静，掀开门帘看了我一眼，啥也没说又退了回去。

直到痛哭流涕地看完，爸妈也没有出来跟我说过一句话。后来我明白，不打扰，就是一种默许和鼓励。

多年后回忆起那个痛快淋漓沉迷书中的夜晚，仍能感到莫大的享受。

后来无论境遇如何，只要躲进书里，就觉得拥有了整个世界，以致对现实生活少了许多欲求。

上学时，考试成绩好与坏，都不会在家中被讨论。成绩好不会奖励，成绩差也不会惩罚，总之，对成绩这个东西，爸妈像是无感。

记得有一次期末考试，我稀里糊涂地拿了小学各科第一（仅此一次撞大运），还有一张画在全县评比中得了一等奖。拿了一堆奖状回家，妈妈的反应淡淡的，也没有像同学家那样把奖状贴上墙，我当时还有些失落。

或许是他们有意为之，或许是真的不在意，总之造成的结果是，我认识到学习不是一件为了达成某个目标的事情。

那时学校里按成绩排名之风盛行，好在家里对此淡漠，让我有空间发展出自己的评价标准，以及凡事重视过程大过结果的心性。但也留下一个后遗症，我心中少有与人竞争的念头，工作之后更是，喜欢就做，不喜欢就走人，不会为了赢而做什么。

这一点在刚入职场那几年，让我吃了不少苦头。职场哪有不竞争的啊，我是逢争必输，因为觉得争争抢抢实在没意思，不肯花心思。

后来，从职场的动物园跑进单打独斗的原始森林，不喜竞争这一点才终于发挥了它的正面功用。因为心里没有别人和对手，才能最大程度享受到做事的乐趣。

在时代强大的扭曲力场之下，我有幸找到适合自己的“缝隙”生存。也因为不上别人的擂台，就无所谓成功与失败。

小时候家中有个习惯，每天早上等妈妈端早餐上桌前，爸爸会随手从书架上抽一本书，随意翻开一页念一段。

念诗是最经常的事。他不过多解释，也不要求背诵，只是要我们感受。

他说，诗是作用于心灵的，而不是作用于头脑。要我放下分析，去感受意境。

一日日过去，我没有记住多少诗句，没有可供在外面炫耀的东西，但诗对生活的滋养，却从此留在我的人生里。

遭遇到生活的消磨时、处在低谷时，读上几首诗，心中积郁便能散去大半。

那些个早晨，我们一家围坐炕上，吃着早饭，北方早晨稀疏的阳光从炕上的窗户照进来，饭前爸爸读过的诗句，还在心中回味，像是写诗的人，此刻也在我们身边。

这是人生中一想起来，就觉得幸福的画面。

有一些诗句蕴含的意境，也形成了类似精神家园的东西：

> 孤舟蓑笠翁，独钓寒江雪。

读这首诗的那日早上，窗外大雪纷飞，家中灶火烧得正旺。好像自己就在那片孤舟上，天地之间的冷寂与旷达之气笼罩周身，还有一种我虽渺小却与这苍茫天地连通的静谧。

多年后，一想起这句，就觉胸中疏朗，呼吸之间，都是冷冽的雪气。

大漠孤烟直，长河落日圆。

那种磅礴的景象，让我第一次听到，就对边塞之地充满幻想，以致长大后一有条件就独自奔走在边疆地带，大漠、戈壁、莽莽荒原、冰川与雪山，这些意象是内心源源不断的能量来源，足以抵抗现实的各种鸡零狗碎。

对酒当歌，人生几何？譬如朝露，去日苦多。

小时候听到，只觉得语句真美，年岁日增，每想起就更唏嘘不已。

还有极爱的苏轼，“十年生死两茫茫……”人生多的是这种无处诉说的痛彻心扉，无论贫富，渺小或伟大，这悲喜何曾放过谁？

爸爸说，都说读诗无用，其实是最有用的，没有这些无用的趣味，人生就像一口枯井，多活一日都不耐烦，那种苦才是真的苦。

小时候不明白，现在懂了。

如今读诗的潮流再次回归，周围有孩子的家里，至少都有一本金子美玲，或者《给孩子的诗》。

想起爸爸为我们读诗的岁月，是九十年代被全民下海的浪潮裹挟着，文艺最无用的时代，我不知道他心中的定力从何而来，却成为我如今的指引。

不比较，不引导竞争，教育不唯有用，当如春风化雨，是我从爸爸身上学到的。

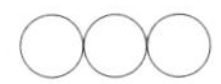

时代早已变得面目全非，获取成功的方法会随时代而变，但感知幸福的途径，从来都是一样的。

我们的孩子，一生是不是一个常常觉得幸福的人，这取决于他的内心是否总是充满力量，是否对生活感到知足，能否与欲望和谐共处。

这些，外面看不到，只有自己清楚。好的教育，作用于看不到的内心，作用于一个人的本质。

本质，即孩子长成一个完满的人，该有的内核：

1. 内在的小宇宙不被压抑——活着的自主动力。

2. 一生仰赖的对学习和求知的兴趣不被损害——一个人可持续成长的能力。

3. 与人交往的动机不是出于比较和竞争——容易发展出亲密关系。

4. 有一副好身体和伴随一生的阅读习惯。

说到底，所谓教育，不过是做父母的一场永无止境的修行。我们自身的修为，是托举着孩子的那只手臂。

所以，买八百万的学区房还是用八百万环游世界，又有什么区别？

你愿意如何，有能力如何，便坦然接受并好好享受你的选择吧。重要的，从来都是每天二十四小时一分一秒如何度过。

17

抓住“天启”，持戒而行

总是被问："做决定前是怎么权衡的？"

经常答不出来，只好玩笑带过："出来混，拼的就是命硬！"

朋友眼里，我经常做一些很冒险的决定，却大多幸运地没有滑入堕落的深渊，反而有峰回路转的机缘，次数多了，就像是里头隐含着什么秘诀。

其实，稍微大点的决定，我从不深谋远虑。起初是不会，后来是不愿意。近来，对于怎么做选择，靠理性还是靠感性，逐渐有了些明晰的观点，尚可算作年岁渐增的一项好处。

什么算大事？

诸如跟谁结婚，生不生孩子，到哪个城市安居，选什么职业方向，信佛还是求道……这些"牵一发而动全身"的决定，可以划入"人生大事”的范畴。

什么算小事？就是大事之下，那些周而复始的日常。

每天几点睡几点醒，做什么运动，跟谁见个面，都不过日常小事。要对人生层面产生影响，必需积累足够多的量，也就是需要经历时间。

几乎每个人的生活，都陷在大事和小事的纠缠中。感性的人容易一路感性下去，理性的人也容易处处理性。

只是把人生当一场体验的话，无所谓如何应对，反正怎么应对都会过去。而如果想要在这短暂人生中体会点什么，那么必然会需要时时体悟，该以怎样的头脑和心境来面对一切。

应对大事小事，说的是活法。

时代太久远的例子，不好直接用作现实参照，所以略去不谈。在世的人里，最赞赏莫过于日本作家村上春树的活法。

对他人生态度的欣赏，甚至大过对其作品的喜欢。

村上春树如何面对人生大事与日常小事？

他大学没毕业就结了婚，又讨厌进公司就职，于是决定自己开家小店——一家爵士咖啡馆：

“因为我当时沉溺于爵士乐，只要能从早到晚听喜欢的音乐就行啦！就是出于这个非常单纯的某种意义上颇有些草率的想法。”

就在咖啡馆运转日渐正常，积累了一批老主顾，“眼前展现出一片从未见过的全新风景”时，村上春树突然决定跟随“天启”。

所谓“天启”，发生在一个晴朗的下午，村上春树在神宫球场看棒球赛，四周稀稀拉拉的掌声里，“一个念头毫无征兆，也毫无根据地陡然冒出来：‘对了，没准我也能写小说。’”

三十多年后，那日的感觉，村上春树仍然清楚记得细节：

> 似乎有什么东西慢慢地从天空飘然落下，而我摊开双手牢牢接住了它。
>
> 它何以机缘巧合落到我的掌心里，我对此一无所知。
>
> 当时不甚明白，如今仍莫名所以。
>
> 总之它就这么发生了，就像天气预报一般。

以此为界，他的人生状态陡然生变，走上职业小说家的路。

冲着这股处理人生大事时的草率劲儿，我差点就要以为他是个随性而为的人了。

然而，村上春树作为小说家的日常是怎样的？想必很多人都无比熟悉了：

> 要写一部长篇小说，就得有一年还多（两年，有时甚至三年）的时间，独自伏案埋头苦写。

清晨起床，每天五到六小时集中心力执笔写稿。

这样一种生活过久了，肯定会导致运动不足，所以我每天大概都要外出运动一个小时，然后再准备迎接第二天的工作。

日复一日，就这样过着周而复始的生活。

这样的日常，重复了三十多年。

大事随心，跟着感觉走；小事理性，仰赖铁一般的纪律——以此总结村上春树的半生，我觉得很贴切。并且，越来越觉得这样一种人生态度，恐怕更适合像我这般资质平庸，却又想尽力将人生过出些色彩的人。

我们大多数普通人，从小听多了“人生关键的就那么几步”这种道理，自然会认为身逢大事，必要百般权衡，千般思量，尽量不要行差踏错。

而日常小事嘛，“成大事者不拘小节”啦。

人人都有思维惯性，感性的人顺从感性，自己心里觉得舒服；理智的人跟随理性，会觉得万事尽在掌控。

拿结婚大事来说。你见过选老公要列一张 Excel 表的吗？

我一位朋友在一家知名会计师事务所工作，天天跟数据过手，养成了严谨理性的思考习惯。大到买什么地段的房子，小到什么衣服配什么包，都能总结出一套逻辑自洽的说辞。

从来不见她有慌乱的时候，每次闺蜜聚会，大家吐槽遭遇的奇葩境况，她都会来一句："这本来都是可以解决的啊，拜托你们多用用脑子啊。"

大部分事情我都非常赞同她理性的处理方法，只有一条例外——她每遇到心动的男人，都会先暗中观察，列出对方的优劣势，来总结匹配度。

后来甚至成了惯性思维，她傲娇地对我说："只要有男人向我表示出好感，我脑子里会迅速生成一张分析表，几分钟后，就知道这男人适不适合继续交往。"

我当时听了，大为惊讶。

她用这种理性的方法，想找到一个以爱情做基础的结婚对象，然而十多年过去了，能通过她分析表的男人寥寥无几，更遑论有所进展。

后来有一次，她跑来问我："你结婚时，你俩当时的条件匹配度是怎样的？你是根据什么做出结婚的决定？"

条件匹配度？问得我哑口无言。

"我，我没有比对过条件。"

"不可能，那你怎么做决定？"

"唉，我结婚时，没想过比对条件，也没有好好商量过房产证上写谁的名字，稀里糊涂地过来，那些没想到的隐患，至今也未浮出水面。按你的那套方法，我们都属于你绝对瞧不上的傻白甜。”

“我一直以为你是个理性的人。”

“如果你要的婚姻只是条件适当的一纸契约，那么理性分析的方法可行；但如果想要爱情，那得动用所有感官去感受，彼此是不是来电；以爱情为前提进入婚姻生活后，又需要动用全部理性。”

她沉默不语。我知道，对她来说挺难的，“感性”这种词几乎早就消失在她的人生字典里。

结婚这种大事，我至今受益于当时的随心而为。

领证时我们俩都一无所有，但我确定他是个好人，和他在一起我觉得很自在，像是无论做了多丢脸的事，他也不觉得丑。最重要的，我觉得他不市井，做人有些格局。就这些。

全部都是“我觉得”。如果用理性分析，那么当年我们彼此对对方来说，都不算最好的选择。

其中一点——不市井，有格局——说起来特别虚，可对我来说，又特别重要。

具体来说，是不日日只盯着自己碗里那几粒米，是不会为了一己的蝇头小利去费心钻营，是对他人的不幸充满同情并尽可能有所行动，是受尽现实的琐碎折磨仍会仰望星空……

这些都无法放进 Excel 表格，因为说不清于现实生活而言，这是优势还是弊端。像“仰望星空”这种品质，对现实竞争来说，往往还会拖后腿。

这些年过下来，发现结婚时看重的这一点，无数次反映在生活细节上。比如买房子，人家将升值潜力分析得头头是道，我们俩却都只为了窗外有一棵大树，而立马决定就是它了。

十多年一起过下来，能达成一致搬来大理，也是因为这虚头巴脑的一点。

有一晚睡前闲聊，我俩聊到希望女儿将来成为一个怎样的人。

“等她长大要离开我们时，我要跟她说，爸爸希望你永远去追求你想要的生活，实现你的独特价值，这是带你来这个世界唯一的意义。”

“可她如果问你，爸爸，你这辈子过的是想要的生活吗？”

“呃，并没有……”

“她会不会问我，为什么你没有去追求想要的生活呢？”

这就尴尬了。我俩都沉默了。

那晚的对话，成为终结之前生活方式的最后一根稻草，我们义无反顾地开始安排搬家，从此，再没有质疑过这条路。

我们并不确定前面是不是想要的生活，但至少，要奋力跳出去看一看。

希望孩子成为怎样的人，我们做父母的，要先努力去成为那样的人。这一点，大过现实的安全感和所有理性的权衡算计。

大事随心，是不是太简单了？是，越是重大的决定，越像自己布下了一场赌局。要不要赌这一场，没有应不应该，只有愿不愿意。

人生是一场长跑，大事全然理性，权衡计算，做了所有的“我应该”，代价常常是压抑了“我愿意”。

越理性的人，压制的时间就越长。甚至压制了一辈子，终至成为一个永远正确却十分无趣的人。

所以面对人生大事，第一个要问的，是你愿意如何？

但即便是一条十分愿意走的路，未来所遇到的艰难险阻也一点不会少，不同的是，在出发时就有了一颗甘愿的心。而路上小径旁逸斜出，若没有理性加持，往往走着走着就忘了为什么要上这条路。

日常生活，每一天怎么过，如何分解目标达成所愿，哪些小径可以张望一下，哪些完全不能动心，这里面存在着严格的纪律，甚至可以算戒律。因为不积跬步无以至千里，没有纪律，常至临大事也不能随心而为。

这些年媒体报道了许许多多日本的匠人，我喜欢观察他们面对人生大小事时的态度，发现无不是大事随心，小事理性。

八十多岁的寿司之神小野二郎，每天从家步行走到店里，单程近两个小时。

他一定很喜欢走路吧？事实是，他说：“如果不是坚持走路，我怎么能八十多岁还在店里一站一整天啊。”

选择了一条喜欢的路，就要坚持以最好的姿态走下去。坚持这件事，从来就不是感性的。

为什么周围有那么多不幸福不开心不如意的人？原因或许很多，受业力之风吹拂，每个人都不一样，但近年来观察，还有一个普遍原因是：

那些人面对大事时，很少尊重自己的感受，没有走上真正想走的那条路。身处日常时，没有甘愿的心，没有纪律，每一天也就随便过过了。

大事随心，需要信任自己的心，和相信真有“天启”这回事，能抓住瞬间飘来让心震动一下的声音。做一个彻底诚实的人，放下算计和权衡，那条路就会清晰无二地呈现在面前。

当行于一条随心选择的路上，要甘愿一力承担它的辛苦，动用所有理智和头脑，养成纪律，持戒而行。

或许唯有如此，以我们大多数人的平凡资质，才可能品尝到一点理想人生的滋味。

18

无可恋念，逃之于酒

我好酒。这喜好不知从何而来。

小时候第一次生病住院，是得了急性肾炎，大概四五岁的样子。起因是父母在家宴客，一不留神，我偷喝了小半瓶葡萄酒喝醉了。几天后，我在大院里玩耍，小便时看到自己排出了红色的液体，像葡萄酒一样，我以为自己要死了。

因为这次醉酒，我在医院里躺了两周，一间病房住了六个人，都是肾病，我最轻。

我看到粗大的针管扎进同病房小姐姐的胳膊里，听大人说，她得的是严重的慢性肾病。

我记得她的模样，十六七岁，瘦，眼睛大而浑浊，脸色发黄，像黄沙漫天时昏黄的太阳。

我出院时，小姐姐还继续住着，我从大人的言谈中明白她出院的日子遥遥无期。

那昏黄的面孔，覆在我心上，过了这么些年，竟还很透亮。

这桩醉酒的意外，后来被传成“那谁家的小女孩酒量忒大”，在家族中口口相传，直到我长大离家，依然带着这响亮的标签。

我的家乡地处塞外，崇尚豪爽不羁的性格，有一座同时供奉儒释道三祖的颇有名气的寺庙。那里的民风，后来想想，也与这三教合一的基底脱不了关系。

入仕，修道，吃斋念佛，这三桩事都有不少追随者，并不厚此薄彼。你当官也好，经商也好，啥也干不成活得开心也好，甚至做一个赌徒，竟也能颇受尊敬，反正你自己觉得好，就行。

不像我先生的家乡，独尊儒术，贬斥佛道，在各种规范、守则、礼仪中浸染出来，表面上一派努力上进守家报国，背后伪善的面孔却屡见不鲜。

即便劝酒此种小事，习俗也几乎相反。我那蛮荒的家乡，逢宴客，主人必先饮尽三杯，表达诚意后，客人你看着办。

而那礼仪之乡，主人一杯酒端起，必要舌灿莲花地说上极长一通道理，从天下万民，到匹夫心情，无所不包。客人被晕乎乎地一通绕后，发现不过一个目的，尔客需饮尽三杯，我主随意。

唉，何必！我初入夫家地盘那几年，倒是如鱼得水尽兴得很，您不必说那么多啦，我喝了就是。仰头饮尽，才看到主人一脸蒙。

我不喜欢这种宴席，虽有酒，却无性情。

小时候所见的宴席，如遇那种能喝却叽叽歪歪推脱半天的人，或者举杯后磨磨蹭蹭绕着弯子拒酒的人，都会被众人在心里看低一等，有不少直率之士，会当场出言教训。

后来回看，那种彪悍粗野的民风，豪饮的作风，必然被归入“陋俗”之列，可于我却受用得很。因至少在酒席上，看得到一个人的真性情。

无论如何，我记得出院时医生对着那个四五岁的小姑娘，认真叮嘱道：“吃食上少盐，不可过量饮酒。”

那小姑娘郑重承诺：“嗯，好！”

多少年了，一想起这个画面，总能让我乐上片刻。

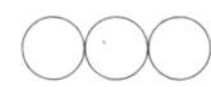

我少时爱读苏东坡，再大些迷恋陶渊明，除了他们的诗词自然自在，将“完成自我”置于“立功立德立言”之上外，或许还有个重要原因，此二人都极好酒。

苏东坡日日饮酒，却酒力不逮，常常几盏之后，晕醉过去，不多久复又醒来。他的许多旷古名篇，就在这醒醉之间，自心中不管不顾地流淌出来。

乌台诗案后，苏轼被贬至黄州，蒋勋说：“这段时间是苏轼最难过、最辛苦、最悲剧的时候，同时也是他生命最领悟、最超越、最升华的时候。”

与陶渊明一样，为了生计，苏轼亲事躬耕，开垦东坡，随身戴一酒囊，“扁舟草履，放浪山水间”。

此际，在人间最孤寂的角落，在七百多年后，陶渊明深深地进入苏东坡的内心。他一遍遍抄写《归去来兮辞》，写：“梦中了了醉中醒，只渊明，是前生。”

他读懂了渊明的消极，是真正的积极，他不是避世，而是入世。只不过这个“世”，不同于那个“世”。

他二人，虽时空远隔，却极多相像之处：都爱儒，爱道，爱佛，爱酒，爱诗词，爱交友，爱自然。

他们日日饮酒，当它是安眠曲，是催化剂，它逼出真性情，与自然风雨融合，化为千古名篇。

苏东坡常与朋友们在深夜畅饮，一次酒醉复醒，三更天回来家中，见大门紧合，敲门家童不应。

他只好坐于门前，拄着手杖，暗夜里听着滚滚江涛的声音，吟出：

长恨此身非我有，
何时忘却营营。
夜阑风静縠纹平。
小舟从此逝，
江海寄余生。

此时他离朝堂千里，祖坟亦远，寄托半生的入仕报国与光耀门楣的志向，都成了妄想。

所余，只剩江海般茫然难辨的人生路与载浮载沉的自我。透骨的孤寂中，余醉的朦胧中，反而体会到了人生另一重辽阔、安宁与平静。

今人喝酒多喝格调，早年新旧世界的鄙视链一出，喝的是概念和标签。聚众拼酒杯盘狼藉，喝的是交情和关系。

林清玄道，上乘的喝法，是一个人独斟自酌，举杯邀明月，对影成三人。但如今此种喝法，难免会被斥为“矫情”。

我一日日愈加好酒，也聚众，也独酌，早把小时候医生的叮嘱忘诸脑后。

睡前必来一杯，就着月光书页，觉得这一日结束于如此气氛中，真不白过。

与友相聚，最喜那种真的好酒的朋友。他常面带笑意地、郑重地从身后托出一瓶酒，小声耳语，这酒啊，如何如何。听着介绍，就让人酒虫大动。

真正好酒之人，倒不爱拼酒，喝多喝少自在自取，喝舒服了为止。也因此，席面上常千杯不倒豪饮之人，其实最不好酒，因那拼酒的作为里，都是杂念。

我离开北京两年多，毫不怀念其他，唯一常忆起的，是那时多少个暗夜里，我家的一场场酒局。

做几个家常小菜，或涮火锅当晚饭，吃至九十点，开几瓶酒，点上半桌蜡烛，就着絮絮不歇的话语，一个个面色红润，烛光中眼神越来越松弛，元神复位，开始做自己。

有人在这烛光酒气中平静地出柜，有人和和气气地分手，有人做出转换跑道的决定，有人拨琴哼曲、谈佛谈道谈入世谈归隐。常至凌晨两三点，酒喝干了，蜡烛烧完了，才一个个散去。

真庆幸有那般日子，白天的艰劳立世，淤塞于雾霾车阵中的沮丧全不记得了，留下的是点点火光微醺中的畅然。

酒，真是好东西。怡情，见性，生豪气，养悲悯，软化在尘世劳碌中越来越坚硬的壳，安顿那颗本就无所凭借无处倚靠的寂寞心。

看陶渊明诗，篇篇说酒，何也？

顾随解："世上无可恋念，皆不合心，不能上眼，故逃之于酒。"

只因这人生"哀荣无定在"，不如"忽与一觞酒，日夕欢相持"。所恋念的，无非在酒中显现的那一点真性情。

19

明月前身，流水今日

不止一次听同龄朋友自嘲，说自己在很庄重的场合，居然会不合时宜地笑场。

其中有一位女友，被前男友通知分手的原因，更是听得我目瞪口呆。

起因是这对恋人相约看话剧，演员谢幕时，身边男友忽然站起来跑上台去，对着台下观众说："我要跟一个女孩子说一句话，请大家为我见证。"

很浪漫对不对？

可是，朋友说，她在台下瞬间僵住了，尴尬到无地自容，仅存的理智将她定在座位上，可当她看到男友的手伸进西装上衣口袋，就要掏出什么时，她再也忍不住，站起来狂奔而去。

不是不爱，而是无法面对过于剧情化的场面，赤裸裸地在眼前上演。

据说八〇后是喜欢解构的一代，少时经历过太多宏大叙事的消解，让我们受不了正儿八经的庄重场合，一遇到严肃的仪式，不得已要装模作样时，就会浑身不自在，急切地想要通过玩笑，来把庄严的气氛破坏掉。

于是，我们这代，即使感动，也难以当众表达感动的情绪。很多年里，就这么苦苦克制着，装出一副酷酷的样子。

以致八〇后里，流行一种“不动声色的崩溃”，你看一个人总是欢笑，流畅地插科打诨，可是，在无人看到的时候，他会不动声色地崩溃。

我们可以将任何权威与传统，都用段子来解构，可再多解构与嘲弄，也掩饰不住这代人心底，丝丝缕缕的家国情怀。

八〇后中不少人，获取了一点点经济上的安全感后，你有没有注意到，他们在狂热地做什么？

韦羲写了一本中国山水小史《照夜白》，近日每每读来，内心都要颤抖一会儿，那种像是被封印的过去记忆，忽然在某一个契机下，放飞出来。

韦羲写自己小时候在家乡的山里走，一直走，他觉得这条路往里面走进去，就是宋朝。在这句话里，我读出他的伤感，因为上一辈留给我们的山河，已经没有多少美感，心目中的宋朝，只能在山水画里找。

二十几岁时，我很喜欢背包在边疆之地旅行。那种大开大合的景致，人立于景中的渺小，能看到一星半点古时的文人山水。

一次，与旅途中拼车的同伴，一起在山中徒步。那时年轻见识少，以为祖国山河仍然大好，行走其中，自豪感油然而生。

可翻过一座座山，我们看见许多被削平的山头，被挖去半边的山体，要开矿山，要造机场，要取石，要修路……繁华与便利的生活，都需要从山河里不停地，切一片填一块。很多被削平的山顶，建起一排排豪华而丑陋的别墅。

有些山，向阳一面郁郁葱葱，可当我们徒步绕至另一面，突然一片凹进去的赤裸山体，在眼前汹涌而现，丑陋的山水巨石般压在胸口，逼得人透不过气来。

我们呆立着，一路上骂骂咧咧的同伴也没了继续骂的力气，而另一位同伴忽然一屁股跌坐地上，痛哭流涕。疲惫与伤感，使他情绪崩溃，失态到不能自已。

后来得知，那位同伴是工画之人，父亲是山水画家。他从小痴迷文人水墨，成年后习画之余，四处周游。

那一幕，多年后，仍然纤毫毕现刻于心里，他的痛苦神情，一浮现在我脑中，就会引起一丝隐微的刺痛。

看到韦羲所写：“未见山水画之前的山水、见过山水画之后的山水，是两个世界。”时隔多年，才更深层地理解了那位同伴的失态。

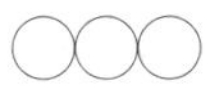

媒体说，八〇后一代已全面登上历史舞台，成为各行各业的中流砥柱。可我们接手的山河，就是这般模样。唐诗宋词与山水画中的一切，都在现实中遍寻不见。

如果你去过京都，如果你在下雪的冬日，恰好站在京都某家居酒屋的屋檐下，看到檐头垂下的冰凌，被檐下挂的灯笼映上一点胭脂红。你会看到封印在记忆中的画面，就这么真实化现在眼前。如果恰好你想起小时候背过的那一首："绿蚁新醅酒，红泥小火炉，晚来天欲雪，能饮一杯无？"那么你一定会不动声色地热泪盈眶。

我就这么在京都的街头，在失落与伤感的交织中，没出息地热泪盈眶。

舒国治一遍遍去京都，为了看竹篱茅舍，日暮柴扉，别处再也见不到的唐宋之山水氛韵。

他写道："有时我站在华灯初上的某处京都屋檐下，看着檐外的小雨，突然间，这种向晚不晚、最难将息的青灰色调，闻得到一种既亲切却又遥远的愁伤，这种愁伤，仿佛来自三十年前或五百年前曾在这里住过之人的心底深处。"

这种愁伤，深埋在我们这代人的心底。

所以，给韦羲《照夜白》站台的陈丹青，看到了如此景况：

我最近认识的一些八〇后青年，在做篆刻，做最高级的宣纸，做最精致的茶壶，也就是所谓中国的生活方式里最考究、最文人化的，最没有市场效应的，介于民俗和文人美学之间的很多类型的事情，这些年轻人狂热地在做。

宗教方面也是这样，年轻人会跟我谈禅，谈佛，谈道，还有人真的去修炼，这些都是我们那个年代不能想象的事情。

曾经全面失落的一切，所幸现今的八〇后九〇后，在狂热地做。

八〇后圃生在北京郊区专注地画宋人小品，悠悠闲闲地过着小品画般的精致生活。八五后的莲羊因痴迷古老的岩彩画而东渡扶桑。

我见过九五后青春飞扬的男孩，每周一天雷打不动地学习中华茶道，还有越来越多朋友，在认真地学古琴，聚会时，会用稚嫩的技巧弹上半曲《平沙落雁》……

而这些人，年少时，都曾奋力追逐西方的审美与时尚。犹如我曾花掉很多年轻的时光，浸淫在传播西方时尚的机构里。二十几岁时，我会花掉大半个月薪水，买下一件奢侈品。

可是，那些东西无论多么华美，却怎么都不能触动心里最柔软的部分。我们自身文化里的只言片语，却有一种让困于俗世中的心随时飘起来的力量。

生下女儿还在月子里时，一日家中无他人，我怀抱着她，无意中哼起歌来，半首已过，忽然闭嘴，因为发现哼的竟是《送别》。

我们母女不久前才相见，我却在愉悦地哼唱：“人生难得是欢聚，唯有别离多。”可它多像人生的譬喻，母女一场，也终将指向分离。

移民国外几年的好友，有一次在微信中不无心酸地说，每晚睡前，必得听手机软件里朗诵的《诗经》，虽然仍不能完全听懂，可是，那些至简的词句间，有着安抚乡愁的魔力。

我们这一代，无疑是被消费浪潮裹挟着全盘西化的一代，可是，年岁渐长，内心逐渐感知到另一种深藏在血液中的能量。并且有越来越多人，放弃追逐财富，转而狂热地追寻这种力量。

他们在追寻中，时常听到这样的声音：“因为你有钱，才可以这样过。”可你怎知他们不是——“为了能追寻，我也曾奋力赚钱过。”

高晓松在京都采访过匠人后，感慨地说：“经济政治，是钢筋混凝土；那些传承千年的文化，那些百年老店，那些信仰，像钩针织起来的那一张网，别看它软软的，它才是托住这个国家最坚实的东西，它是底线。”

韦羲在《照夜白》最后写道：“山水就是我们的信仰，山水之于中国人，好比明月前身，中国人之于山水，亦如流水今日。”

好美的话！明月前身，流水今日，是多少人心底家国情怀的映现。

但愿心有明月流水的这代人，能以心中的审美，观照现实的世界，让在繁华中丑陋不堪的山河，不再丑陋下去。

20

我喜欢的寂寞心

她坐在我面前，眼泪时不时簌簌而下。

刚刚结束的长途飞行和时差错乱，让她脸面浮肿，嘴唇四周起了一圈血红的痘，疲倦红肿的双眼，只在扫过女儿满屋玩具时，才有些许光彩一闪而过。

我和她在深夜里絮絮而谈，再不复从前一相聚便放肆张扬的欢乐。

在外面，她是顶级造型师，终年飞行在纽约巴黎米兰上空，所到之处，尽是奢华精致的物品，她在其中挑挑拣拣，任一样，都抵得上一个普通职员几个月的薪水。

然而此刻，在我眼前的，却是一个人至中年、疲惫不堪、婚姻失和、寂寞萧索的女人。

她问我，你会不会时常觉得，越往前走，越孤独。

我说，会，因为知交半零落。

十一年前，她从国外学成归来，我刚从上海回到北京工作。

二十出头，一同进入一本一线时尚大刊，在北京一座繁华摩登的写字楼里，一起懵懵懂懂，试探着融入这个行业与社会。

每天早上，费心搭配衣服，画好精致的妆，踩着高跟鞋，准备出门去迎合那个挑剔的世界。

那个时代，那个世界，有许多今天看来怪异的价值评断，身在其中的小喽啰们，拿着几千块薪水，强装出在过上流社会的生活（虽然其实我们也不知道上流社会在过什么生活）。

一天的体力劳动后，经常空着肚子，在灯火亮得凄清的夜色里下班回家。公司门口叫不到车，就踩着高跟鞋忍着脚脖子的痛麻，抖抖索索地，走去车更多的长安街。

然而那时却那么快乐，一路上我们时常笑得蹲下，顾不得路人侧目皱眉，像是要释放掉这一天谨小慎微，如履薄冰的重重压力。

一日下班后饿极了，我俩一拍即合，去路边的苍蝇小馆吃烤鸡翅。那家馆子我和男朋友去过，两人吃到三十串鸡翅便撑了。

挤坐在几平方米的小馆子里，我凭经验豪气地点下三十串，想着足够了。

一通埋头狂吃之后，坐在对面的她抬起脸说：“不够。”

又点了二十串。

看着她华服在身，眉眼精致的妆还精致着，嘴巴上的口红残留一点，大嚼着鸡翅，不时豪放地就一口啤酒。

最后一个鸡翅下肚，她将瓶中残酒一饮而尽，饱足地冒出一个响嗝来。

我遮住眼睛说：“太难看了，别说我认识你。”

这副样子，若是被同事撞见，估计要大跌眼镜了吧。

想象着被那些衣冠楚楚的人撞见时的场景，我俩竟笑得掉出眼泪来。

如今想来，那是我俩知交的起点。

以最真的性情赤诚相见，不端不装。共同看不上那时弥漫的、人心犄角旮旯里的那些龌龊，并互相提醒：

“不管以后我们平凡还是光鲜，永远不要成为虚伪、虚荣、胸无点墨，如一只花蝴蝶般奔波在各种社交场合迎合这个世界的人！”

她点头说：“要成为一个靠本事立足的人。”

以技艺立足于世，她有这样的追求，也有这样的禀赋。

她家世不凡，从小却学习不好，甚至有些呆，在才情出色的一众堂兄妹之间，抬不起头来。

唯有一长，爱画画，但在我们成长的时代，学习成绩好是王道，些许才艺不过如锦上添花。

长期得不到肯定，连她也觉得，或许自己真的是一个没用的人。

以致高二时的一天，她沮丧至极，坐在家中窗台上默默流泪，想象着若是自此跳下去，大概也是一种解脱。

这样的人，人生总有一种寂寞的底色。

后来她考上一所不入流的大学，几乎成了家族的笑话。自觉前路黯然，她在大二时退学，申请了国外的设计类学校，唯一的特长，第一次成了优势。

在完全不同的评价体系里，她的特长，被校长给予了极大的鼓励和发掘，竟因此成了一位以才华见长的优等生。

她说，那真是人生的拐点，也像莫大的讽刺。因此获得的，是对主流标准的质疑，以及任何时候都不要轻易放弃自己的信念。

她身上常有一种拒人千里之外的冷寂气质，在专业上又有着热烈的坚定，在矛盾中调和成独特的风格。

回国后初入行时，有一次，我陪她去拍片，合作的是业内有名的摄影师，拍的是一位明星。

以常规的标准布景拍摄后，她看到成片不满意，又重新布景，调光，还不满意，再重复，折腾到深夜，片场几十号人开始不耐烦，明星也面有愠色。

我担心地看着她，而她正沉浸在每一个细节的完美打造中，完全没注意到场子里的怨气正暗中积聚。

又一个微小细节的重新调整，摄影师突然撂挑子了，一言不发，摔门而去。

现场气氛僵滞。

摄影助理过来找我，要我劝劝她，说差不多得了，平时都是这么拍的，这么较真让谁都不好过。还暗示说，她一个新人以后还怎么混。

我找到她，她正窝在换衣间里，神情沮丧。

我说，要不就这样了？反正肯定有能用的片子。没必要跟摄影师搞僵，以后不好合作。

我以为她会说好。

没想到她摇头，没半点犹豫的神色，沉默片刻后说，我过不了我自己这关。

她给我看手里的一堆 reference（参考），是顶级的大片。与刚拍出的片子一比，高下立现。

“你看，我的标准是这样的，再多些时间能拍出来。这么多人花了这么多时间，为什么要差不多的东西？”

我沉默。

“我肯定能拍出更好的，你要信我。”

我被她说服了，心里泛起一丝凛然。

“那咱绝不将就，得想办法去沟通。”

接下来半小时，她先去跟明星沟通，再进了摄影师的房间，我们听到争吵，然后是长长的沉默。

外面许多人吃惊地等待着，心里大概都在嘀咕，一个不知天高地厚的新人，怎么敢这么较劲。

最后两个人走出来，摄影师摊手苦笑，说大家打起精神，继续拍。

我和她相视一笑。

那一夜过去，累得人仰马翻，拍完已经天亮，就为了一张在杂志上呈现一页的片子。

当看到电脑屏幕前最后的成片，大家都不出声了，那个水准，在行业里不常见。

十年前，匠人精神还没被提到台前，我便有幸在初入职场时在一位八〇后姑娘身上见识到了。

那是忠于心中的标准、决不妥协的精神；是整个行业都在说够了、可以了的时候，仍不止步的坚定；是敬畏自己的专业，不屑于用机心、捷径博取浮名的真诚。

拙，但有贵气。

十年后，她一路行至最热闹的地方、最巅峰的阶段，却仍如当初，唯一求的，是做一个靠技艺立足于世的人。

匠心，其实是一颗寂寞心，“寂寞心盖生于对现实之不满，然而对于现实之不满，并不就是牢骚。”

坐在我面前的她，淡淡地说：“就是常常觉得太孤独了。”

我说：“感同身受。”

你在热闹的时代，声色犬马的行业，每天被明星名流华服围绕，却在追求一颗至真至简的心，又如何会不孤独？

“越往后，会越孤独。十年前，我就知道，你成不了大多数，孤独是必然的。可是，孤独不好吗？”

她沉默了一会儿说：“好像也没得选。”

“你看，从来没见过一个事业成功、家庭和满、朋友环绕、热热闹闹的全乎人儿。咱们得到的，够多了。”

她仰起脸，让眼泪在眼眶里待一会儿，深吸一口气，再呼出时，脸上已不复刚才的萧索，我知道，她心中已经复归清明。

不盲从，必然形单影只。追求心中至高的标准，必然会高处不胜寒。

小半生过去，最重要的是学会了，不沉溺光芒，而是品尝寂寞，不是庆贺得到，而是欢送失去。

这十年中，混于俗世，常能看到身旁涌动的机心，偶尔会有跟随模仿的欲望。毕竟用一些手段，会使许多事情更快达成。

但在每个当口，一想到她，我就及时止步，并泛起隐隐的不耻之心。

逐渐相信，人必有所不为，然后可以有所为。

许多人在人生路上的热闹处，朝着那热闹奔去，再也没回来。她说：“不能怪别人贪图热闹，是我们在热闹里待不住。”

以前唱“天之涯，地之角，知交半零落”，以为是说年岁渐长，知交好友一个个离去。与她促膝而谈的间隙，我忽然明白，所谓知交半零落，原来是说——人生路上岔道纠结，走着走着，曾经的同路人渐渐失散，隐没在许多条你永远也不会踏入的小径上。

还能同路而行的，在彼此眼里会看到坚定，寂寞，一声叹息后，相视一笑，莫可奈何。

21

活在盛放，也活在凋零

我和夕照认识十年了，从她的二十二岁到三十二岁。

十年如一场大梦，倏忽而过。又像一场精心编排的狗血剧，看得人唏嘘。

很多事虽然没有机缘亲自经历，但他人的生命启示，何尝不是我们前行的灯火。

我第一次在复旦旁边的酒吧见到夕照时，跳动的烛光映在她脸上，她明媚地浅笑着，眼里尽是神采。

那晚我们社团开会，轮到她发言时，我听到一把干脆得冒着爽气的声音，说了将近十分钟，半句废话和口头语都不掺，我心里暗叹，真是有才啊！

那时的夕照，像是与这世界的一丝阴霾都不沾。

我平白对她生出好奇，和同学聊天时总忍不住多问一句。

后来陆续拼凑起她的信息，北京人，爸爸是建筑师，老复旦毕业生，爷爷也是复旦毕业，我们一般把这种同学叫作“复二代”。

夕照家境优渥，家学深厚，听说她爸是个超级暖男，将她从小一手带大，宠爱得很，她倒是一点没有骄纵之色，反倒很会照顾人。

爸爸对她唯一的要求是，要上复旦，如果成绩差也就罢了，成绩好，那一定要报复旦。大概是家庭的一种执念吧。

夕照复旦毕业时，手里握着好些个优质 offer（录用通知）。

考虑到爸爸年纪大了，“妈妈又从来不懂照顾人”，于是她选择回北京工作，进了央视某名牌栏目做编导。家在北京，有房有车，十年前，这简直就是同学眼里的人生赢家了。

后来我也回北京工作，重聚时，她已是利落的职场人模样，一头细碎短发，大眼睛，眼里少了些神采，有了淡淡的疏离感，我以为那是职场打拼后，必然会生出的一种成熟。

那次几个旧友聊天到深夜，我高谈阔论着工作里的新鲜感受，语毕她忽然问我："现在做的，是你从小到大的理想吗？"

我一愣，心里对这问题有点想闪躲，又看她一直盯着我等回答，才说："不全是，但接近了。"

夕照微低着头，眉间淡淡地拧着："我从小到大的理想，是当幼儿园老师，高考那会儿，为了有可能报师范的幼教专业，故意没做完试卷，但最后也没能如愿。"

我有些惊讶，向来听人谈理想都是就高不就低，而夕照，那么出色的成绩和才能，倒成了阻碍。

另一个朋友开玩笑："我小时候的理想还是遨游太空呢，都是说说而已。你现在这履历，去应聘幼儿园老师，估计没有幼儿园敢要你，怕是比当上电视台台长还没可能。"

我当时觉得，这不过是夕照圆满人生中，要故意安上的一点遗憾。毕竟太顺遂的生活，总显得不够深刻。

"有很多人能做幼儿园老师，但不是很多人都能担当你现在的角色。"那晚散场时，我这么劝她。

后来，她果然没再提过这一茬，我也自以为是地确定了自己的猜想。

不久，夕照遇到一个男人，谈了几个月，就宣布要结婚了。

她结婚前，我们聚过一次。那个男人——叫男孩还比较适合——

全程腼腆地低头吃着离得最近的一盘菜，继而低头吃着饭后甜点，继而低头搅拌着一杯咖啡，很少参与我们的聊天。

他偶尔抬头，遇上我打量他的眼神，竟然会脸红到脖子。

谁也没想到，夕照会选择这种，看上去人畜无害又像老僧入定的大男生，是个程序员。

夕照的意思，是想找个安稳的人，早点要孩子，说本来他们做电视的就辐射大，年龄大了生对孩子更不好。

我开玩笑说，你不会是想弥补当不成幼儿园老师的缺憾吧。她笑笑说："是啊，我倒希望我能像只猪，可以生出一个幼儿园的孩子。"

我笑得扶墙，说你就不怕耽误事业，你们电视台竞争多激烈啊。

夕照说，这工作本就是个替补，没什么好耽误的，我又不打算当台长。

"多少人羡慕你，你却暴殄天物。"我怼她。

"被那么多人羡慕，我得多普通啊。我又不是没劲的人生赢家。"

"怎么不是，你就是啊，你们全家都是。"

婚后，她沉浸在忙碌的事业和平静的家庭生活中，大概还有努力造人中，将近两年我们很少见面。

唯一一次，被她拉去上节目做嘉宾。

摄制现场，我看到她小小一只，脸色严肃地穿梭在一堆糙爷们摄像师和黑乎乎的机器中间，自有一股说一不二的冷毅气场，淡定自若地指挥现场几十号人。

真是出色呀，我心里感叹。

那个人畜无害的男孩，是怎么搞定她的啊。

有一天，她忽然约我，说是新装修了房子。

我们去她家，那套房子，马卡龙灰粉与灰青的色调，淡淡的，不见男主人的痕迹，我觉出点异样，却也不敢贸然开口。

果然，刚坐下，夕照就说：

“几个月前离婚了，他出轨，说跟那个是真爱。

“是他自己坦白的，说那个人更需要照顾，他们必须在一起。

“他说和我过得像凉白开，没有轰轰烈烈的感觉。”

这些话，从她嘴里说出来，听着真是不习惯，那么骄傲的人。

她是毫不纠缠的性格，二话不说办了离婚，马不停蹄重装房子，强装出迎接新生活的姿态。

抹不去的，是心里堆积的困惑和悲哀。

“这几年，不管做节目多晚，睡前一定给他备好第二天的早餐。”

“你知道我们做电视的，下班没个准点儿，我每天赶回家给他做晚饭，做完扒拉几口，再回电视台加班……”

第一次听她描述婚后细节，听得我心里发堵。

瞥见一旁墙上淡青色的碎花壁纸，忽然心里掠过一念，明白过来。

“你把他当小朋友照顾？”

“嗯，他不会照顾自己。”

“不是说早点要孩子吗？”

“他总说没准备好，我们只为这个吵过。”

“我记得，你说你从小到大最想做幼儿园老师？”

她沉默下来，忽然就泪如雨下。

未去实现的、以为早就黯淡的梦想，阴魂不散地以另一种方式占据她的生活。那个从小到大一成不变的幼教之梦，天长日久地压抑着，变成了她的阿喀琉斯之踵。

那一刻我突然明白，原来对于这世上很多人，最难的不是现实困苦，而是渐行渐远的连影子都渐渐模糊的梦想之路。

女儿离婚这个突发事件，对夕照的爸爸打击很大。他想不通自己这么出色也不霸道的女儿，为什么会遭遇这种事。

夕照不允许自己陷在悲伤里，周末回家，在爸爸面前强作出一张不在乎和已痊愈的笑脸。

可是，爸爸一口气堵在心里，散不去，看着夕照笑嘻嘻的样子，忍不住背过身去，老泪纵横。

夕照说：“年轻的我们，没什么过不去的，可对于变老的父母，有些事真的过不去。”

离婚不满一年，爸爸检查出恶性肿瘤，已经晚期，医生断言，就剩几个月。

真是狗血！是不是但凡顺遂的人生，前面大多埋伏着地雷，定时炸响。

夕照辞了电视台的工作，全职照顾爸爸。从确诊到离世，爸爸撑了两年，夕照说已是极限。

漫长的两年，真不知她怎么独自撑过。

中间给我打过一次电话，又一次重要的手术前，她百般犹豫。

我记得她说：“我爸拒绝做手术了，因为这次后，得随身带个粪袋，他接受不了自己这样。医生跟我说，不做的话，很不乐观，做了，能再撑几个月。”

我在电话这头说不出话来。

二十几岁，大部分同龄人，生活中最难的决定，无非是选哪个男人，换哪个工作，可夕照要决定的，是让她爸爸活多久。

后来手术还是做了，父女俩相守着，过完了最后四个月。

“最后几天，爸爸坚持要住回家里，我后来明白，他大概很清楚自己的状况了……那天，他正睡着，突然大出血，流了满床满地，我压着伤口，等救护车来。我妈吓晕了过去。压到手没有知觉，我觉得自己像在地狱里。”

救护车来时，爸爸去了。

几个月后，我见到夕照，她平静地叙述，像是在说上辈子的事。

“世界上最爱我的那个人不在了，以后，我得好好活着。”

我心中大恸。

夕照重新回到“正常的生活”，年轻时没有什么是过不去的，从夕照身上，我明白了这点。

但人心里的模样，如何沧海桑田，物是人非，都是外人看不到的。即便我们的见面频繁起来，我也并不能真正看进她心里去。

将人与人隔开的，从来不是时间，而是经历。夕照经历过的，是我在平顺的生活中永远无法感同身受的。

我们常说“我理解你”，但何其难？

夕照开始找工作，之前的电视台领导邀她回去，她拒绝了。一份简历反反复复修改了好几天，然后全投向了幼儿园。

她将那些辉煌的职业经历全部删掉，别人都在美化过去，她只恨曾拥有过的一切，白纸黑字，都是前行的障碍。

结果当然是频频被拒，专业不符，学校太好，都让对方质疑她的企图。

将近两个月后，我的鼓励说到自己都不相信时，一家外资私立幼儿园集团给了她面试的机会。

园长问她：“说说你的意图吧？我很好奇。”

“我从小就梦想当幼儿园老师，可是成绩太好了，而且，家里也不允许。”

“那现在怎么又允许了？”

“因为我在乎的人，不在了。”

夕照最终进了那所幼儿园，当上了一个普通的幼儿园老师。薪水，从以前在电视台的月入几万，到现在每个月四千多。

为了庆祝她的人生重新开始，我抱着一岁的小奶娃，穿越大半个北京城，奔赴她家里。

大概这世上再没人这样的庆祝了，为终于舍弃高大上的工作，为终于让薪水顺流直下三千里而庆祝。

在夕照身上，我理解了顾城写的：“一个彻底诚实的人是从不面对选择的，那条路永远会清楚无二地呈现在你面前。”

那天晚上，夕照的朋友圈发了这样一段话：

> 什么是解脱痛苦最好的方法？
>
> 活在苦中，也活在乐里；活在盛放，也活在凋零。
>
> 活在当下那一刻，斩断过去的忧愁和未来的恐惧，得到真

正的自由。

两年过去，夕照已经是那所幼儿园的骨干了。我常常翻看她朋友圈里的照片，和孩子们在一起，她明媚地笑着，好像与这世界的阴霾一丝都不沾。

这不是一个励志故事，甚至在一些不太熟的同学眼里，夕照隐约带着人生 loser（失败者）的气息，在日渐位高权重的同学圈里，她像个异类。

可是，我渐渐明白，这是她对无常人生最好的回应。而世人总是心怀侥幸，觉得意外永远不会到来。

某天夜里翻到《与神对话》，看到这样的句子，那刻心里闪过夕照的笑脸，她像是用自己的人生做出了开示：

> 别去嫉妒成功，也别怜悯失败，因为你不知道在灵魂的权衡中，什么算成功，什么算失败。
>
> 永远走自己的路，同时允许别人走他们的路，就可以了。

我在心里说，夕照，你的启示，我听懂了。

22

人生莫问来处

二〇一四年女儿出生后，我请了一位阿姨帮我料理家务。

阿姨姓王，四十多岁，半辈子待在农村，老家有二十亩薄田。

晋北土地贫瘠，二十亩全种了玉米，丰年时，全家年收入四万多。

来我家打工，是她第一次从村里出来，也是她们村第一个敢独自出来打工的女人。这么勇敢，是为了挣钱供女儿上学。

王姐有两个女儿。农村重男轻女，旁人劝她："好歹得再生个男娃，不然老了谁养你。"

她不听。

不仅如此，她还累死累活地供大女儿念完大学，花光了她全部积蓄。小女儿快初中毕业了，王姐狠了狠心，决定出来打工，给小女儿挣大学学费。

村里人说，女儿都是给别人养的，你这么做不划算呀。

她不听，“我不图娃们以后养我，我只求念书让她们有个好前途，以后过得比我好。”

每次说到这里，她都免不了抹几把眼泪，说自己无能，不能给女儿们更好的条件。

这股不听劝的“倔劲”，让王姐有机会走出自己的路。

王姐初中毕业，听说上学时就是个好学生，奈何家里太穷，没法读下去。二十出头嫁人，夫家赤贫，唯一看上的是：“人好，而且那会儿他还是个工人”。

离开农村，是她年轻时最大的心愿。

嫁过去，不仅没有聘礼，夫家还背着一屁股债，公公是个鳏夫，丈夫还有未成婚的弟妹。村里这样人家的儿子，不打光棍都不寻常。

王姐就这么嫁了过去，“那几年的日子，穷得叮当响”。

后来丈夫在的厂子倒闭，丈夫变回农民，全家没有别的收入来源，全靠那二十亩地。

王姐那时就成天琢磨，怎么让这地多打点粮食多换点钱。

农村里机械播种已经普遍，省时省力，但比较粗放。王姐带着全家人力播种，一个种坑里放两棵，确保最高的出苗率。

北方土地只种一季，种子播下去，农民就闲了。晋北农村观念保守，宁肯在家喝稀饭，也不愿出去打工挣钱。

于是，成堆的闲老闲少，要么蹲在墙根儿下嗑瓜子，要么窝在棋牌室打麻将。女人们手里拿点针线活，往大门口一坐，开始东家长西家短。

王姐说，她最看不惯家里穷得缺吃少穿，还有心思去打麻将的人，她也不爱扎堆儿聊人是非。

她所有的心思，都在琢磨怎么赚钱，怎么脱贫。

夏天地里浇灌，一般人家浇一到两次，她和老公勤快，盯得紧，一季浇三四次。

秋天收割，同样二十亩地，她家能赚四万多，比别人家最多时能多出一万多块。

冬天农闲了，王姐就去村里的理发店打工，一个月能挣八百。

一天从早忙到晚，赚这么点，很多人都不稀罕赚这辛苦钱。王姐不嫌少："年前忙几个月，能赚三千多，过年的花销就出来了，孩子们的新衣服也能穿得齐整些。"

王姐还明白一个道理，家里穷，就更不能多生孩子。生了两个女儿后，还有指标再生，可她觉得够了。再多，每个孩子摊到的资源就更少了。

"男女有啥区别，都是自己的娃。"

我听她说这些，觉得她有难得的理性，还思虑长远。

不论身处什么境地，一个人没有任何条件时，就只能比别人更勤奋，以此获得最初的成长条件。

靠着每年多赚一点，零敲碎打地省钱攒钱，一年年过去，王姐不仅还清了债，还在婚后第七年时，花尽积蓄，不惜再次举债，盖起了自己的大瓦房。

盖房，是一个庄户人家穷其一生的追求。不是每个女人都有这样的志向和魄力，王姐勤劳，还倔，认定的事，绝不妥协。

缺钱，是王姐半生里最大的阴影，挥之不去。所有的事，她都会在脑子里自动换算成“能省多少钱”，“能挣多少钱”。

她一直都坚信，只要有钱了，就能过上幸福快乐的日子。

然而，生活告诉她，磨难从不会如此纯粹。

村里游手好闲的年轻人打斗，王姐的父亲无辜受连累，在一天出门挑水时，被恶棍在井边刺死。

常以为只有大人物的人生才波澜壮阔，可我听王姐絮叨前尘往事，点滴片段拼拼凑凑，常常听出波澜壮阔的感觉。生活的精彩和苦难，何曾特意放过谁?

父亲被杀后那两年，她眼泪都流干了。农村人迷信，她是念过书的，不信那些。可那两年，痛苦让她生出盼望，她倒真希望有鬼，希望见到父亲的鬼魂。

她专挑没有月亮的夜晚，去村后的坟地，对着那浓烈的黑暗说：“要是真有鬼，那你就出来——”

“我等着鬼出来，等半晚上，啥也没有，你看，都是迷信。”

王姐变成一个什么都不信什么也不在乎的人。这并不是消极的态度，而是获得了一种精神上的自由。

刘瑜总结过类似的感受——绝望能带来自由：真正的绝望让人心平气和，让人谦卑，让人只能返回自己的内心，“命运的归命运，自己的归自己”，就是说，它是自由。

出来打工，就是这种自由的驱动。她无视任何人的阻挠，保守的村子里流传着她抛夫弃女跟城里人跑了的种种故事，她充耳不闻，决绝地要为自己的家人谋出个好日子。

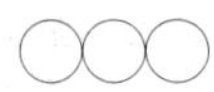

在我家一年多，我忙于孩子，把大半个家交给她，日常采买全由她打理。

每天的花费，她都会仔仔细细记在一个小本上，精确到角，每个月结束拿给我，固执地叫我一定要好好看。

我从来不是精打细算的持家高手，过去也常不屑于此，可还是被王姐所掌握的这项技能所震惊。

全家一个月的吃喝，竟然不到五百块，并且我要母乳，每日吃的看上去并不俭省。

后来发现，王姐持家，绝不会浪费一点食物，她会细细观察每个人的食量和偏好，每道菜每餐饭都力求刚刚好。

一棵白菜，每天切一小块炒，常可以吃一周。

因为菜样多、数量少，餐具逐渐变成了一些小小的碟，浅浅的碗，我笑说一山野农妇，却做出了日本菜的精致感。

王姐好学，对新的生活方式，她的态度十分开放。

看我做过一阵烘焙，她便决定要学，回去让老公和女儿尝新鲜。她在电脑上对比各种配方，试做，中意的配方抄在自己的小本本上，做得有模有样。

打工让王姐家的收入成倍增长，半年后，她开始大刀阔斧地遥控老公改革生活方式。她用打工挣到的钱，给家里买了烤箱，卧室贴上壁纸，买了吸尘器。嫌烧炉子烟尘大，她大手笔地拨出一笔“巨款”，把家里的取暖设施改成土暖气——在村里，她是第一家。

跟老公打电话说：“家里得有花，地里那一片片的野花，咱也摘点插在个瓶子里，好看。”

她放假回家，第一次烤蛋糕，村里人来围观，她端着盘子房前屋后地送。那小小的蛋糕，连同家里的变化，一扫人们的偏见。王家成了村里过得“最红火”的人家。村里妇女看得羡慕，争相来托她帮着在外面也找找打工的门路。

改造完生活方式，王姐在精神上的追求也迅速展现出来。

她干活利索，上午干完活，下午就没事做了，又不爱到小区里跟其他阿姨聊八卦，我就给她选书看。

开始不过是心灵鸡汤、故事大王之类，没想到她很快看完了，还我书时，说：“能不能再挑些，有营养的。”

于是，从冯唐、季羡林，到舒国治、村上春树，后来不需我推荐，她看完就从满墙的书架上自己挑选，看得如饥似渴，看完总要跟我讨论一番。

有一天，我甚至看到她捧着一本克里希那穆提的《生命之书》……

再有一天，她忽然对我说：“我发现书是个好东西，能让人变得有见识，有能耐，还能解烦恼。”她脸上有一种对自己特别满意的神情。

我知道，从那天起，无论她未来的生活境遇是好是坏，她的心都不再容易干枯，王姐不再是原来的王姐了。

我从来没把王姐只当保姆看待，每个人来到我们的生命里，都会带来启发。

她让我看到，一个原本身处人们所说的“底层”的人，纵然负债起家（连白手起家都算不上），还是可以凭借勤奋、吃苦、勇敢、好学这些最朴素的品质，获得更好的生活。

王姐说过一句话：“横竖饿不死，怕个啥？”这句话，真有股巨大的豪气。

后来我搬来大理，我俩朝夕相处的缘分便尽了。

后来，我听她说回村了，买了收割机，到邻近村子里去帮别人收割赚钱，她还想开个小蛋糕铺子，卖自己做的蛋糕、奶茶。

偶尔看她发朋友圈——“干活累了，煮个下午茶”，图片配上自己烤的马芬蛋糕，还有她在城里时学会的现煮奶茶。

她还会文绉绉地感慨：“进城那一年多，我整个人生都不一样了。”

想拥有更好的生活，除了求好的决心，一靠勤奋，二靠折腾，三靠学习，这是我在王姐身上学到的，它不分阶层，适合我们大多数人。

23

半世风流半世空

十四岁的暑假前夕，无意中从同学手里传到一本《弘一法师传》，随手翻看，几句话闯入眼里：

> 十五岁的李叔同，文才初露，写下这样的诗句：
>
> 人生犹似西山日，富贵终如草上霜。

那时虽和彼时的李叔同同龄，却常觉未来无限远，生老病死，更是遥不可及。看到十五岁的少年人写的这一句，竟一时呆住。

记得周遭是庆贺放假的喧闹声，我坐在窗边，余光瞥见喜欢的男生在后面几排，也正独坐翻书。

迎着窗外刺眼的阳光看去，心上出现了瞬间的抽离。

像是许多年后的我，正旁观当下的自己。笼罩在光雾中的青春、蠢动的情感，终会消散，即便未来如何，也再不会有此刻了。

十四岁最寻常不过的一天，于我却意外地窥到了一点人生之外的东西。

那个暑假一开始，我去县城里满布故纸味的新华书店，买下那里所有版本的李叔同传记，两个月里沉迷其中。

在某种人生的层面上，他如启蒙之师。

照着书中附赠的乐谱，我把自己关在房里反复练习《送别》《大国民》，被那激越或清丽的歌词迷得颠三倒四……

年少时作文，喜欢用“洗尽铅华归于平淡”之类，造作地增添一些自以为是的厚重感。

而这华丽词句所述的人生，也只在小说中读过。

是李叔同的一生，让我见识到一个真的曾存于世的鲜活案例。

十五岁咏出“人生犹似西山日”；三十九岁在艺术生涯绚烂至极时，入佛门，奉失传七百多年的南山律宗；二十四年持酷戒修行，成律宗十一世祖，与虚云、印光、太虚并称民国四大高僧。

这样的一生，大开大合，又极富细节的悠扬婉转，真是迷死少年人。

弘一法师说：

“人做得剔透玲珑了，便是艺术。那时你可以舍生取义，你可以视死如归，你可以视金钱如粪土，你可以视富贵如浮云，你可以视色相如敝屣。”

何以做人能做到“剔透玲珑”？

丰子恺将人生分为三种境界：物质—精神—灵魂的三层楼。

“懒得（或无力）走楼梯的，就住在第一层，即把物质生活弄得很好，锦衣肉食，尊荣富贵，孝子慈孙，这样就满足了。这也是一种人生观。抱这样人生观的人，在世间占大多数。

“高兴（或有力）走楼梯的，就爬上二层楼去玩玩，或者就久居在里头。这样的人，在世间也很多，即所谓‘知识分子’‘学者’‘艺术家’。

“还有一种人，‘人生欲’很强，脚力很大，对二层楼还不满足，就爬上三层楼去。他们做人很认真，满足了物质欲、精神欲还不够，必须探求人生的究竟。”

丰子恺总结其先师李叔同：有一种强烈的“人生欲”。

李叔同的做人，极其认真，不事圆融。做事，必身体力行，不做则已，要做就做得彻底。

李叔同从富家子弟到弘一法师，人生一场戏，两幕登台，僧俗二界皆淋漓演绎，世间稀有。

清末一八八〇年，李叔同出生于天津巨富桐达李家。

其父李筱楼，与李鸿章、吴汝伦三人并称为晚清三大才子。后因看不惯官场黑幕，辞官经商，成一方巨富。

李筱楼信仰禅宗佛学，一生乐善好施，每年所获资财，小半用来设义塾，抚恤贫寒孤寡，被津人颂为“李善人”。

佛门讲因果不虚，弘一法师半世修为，终成一代高僧，如何都不能小看生在积善之家的因缘。

这样的出身，让李叔同享尽物质生活的丰裕。如今人人心中渴盼的财务自由，李叔同一出生便拥有了。

他也不枉这锦衣玉食的滋养，才华出众，十几岁便以书画扬名津门。

后到上海，文才展露，“二十文章惊海内”，能诗能书能画，擅金石，通音律，且样样都不是泛泛之才，单拿出任一样都属翘楚。

李叔同在艺术上，是一个天才。

艺术上初放异彩的同时，二十几岁，他的情感生活也是一生中最为丰富的时期。自古才子多风流，李叔同也一样，家中有奉母命娶的原配妻，家外则流连于上海才艳双绝的名妓之间。

这一段奢靡生活，早前看到在许多传记中被一笔带过，像是李叔同完美人生的不完美处，可我觉得，这是他埋首浊世的必然，拥有时尽情享受，失去才可坦然。

如丰子恺所说："我崇仰弘一大师，是因为他是十分像人的一个人。"

像人者，第一点，就是不伪善，对人对事至情至性，纵使荒唐，也要磊落。

二十六岁母亲病亡，加上国家积弱凋敝，心中哀伤无法散去，李叔同决心，与过去的浪荡生活诀别，东渡日本留学，谋一个可济世的将来。

而他做人的彻底，也由此开始，展现出来。

在东京上野一幢公寓楼里安住下来，李叔同决定做"日本人"。

睡榻榻米，吃生鱼片，穿两个大袖的和服，晨间沐浴，小盅喝茶，说话低眉顺目，有客来访，腰弯及地。

半年过去，公寓附近的人们，竟不知他是中国人。

在日本学西画的余隙，他爱上了钢琴，为了使手指更适于演奏，甚至去做了指模割开手术。戏剧上，他组织春柳社，演《茶花女》，引起轰动，成为中国话剧的开端。

"凡艺术的园地，差不多被他走遍了。"在每一个艺术领地里所取得的成就，都让常人难以望其项背。

按照现在流行的逻辑，他能这么专注于艺术，那是因为有钱啊。

这么说没毛病，那时他名下三十万资产，而二百元够一个在日留学生一年花费。

然而，富贵终如草上霜。

一九一一年，从日本回国第二年，李叔同正在天津执教。清政府将盐业改为“官盐”，李家投资于盐业的银号全数覆灭。

父辈攒下的万贯家财，除了河东的一处房产，几近荡然无存。

执掌家业的二哥濒临崩溃，李叔同却很淡然，除了他有艺术可供寄情，也因现实恰印证了他年少时就起的心念，“我们与生俱来的，除了赤裸着的身子，别无长物。”

英雄安在，荒冢萧萧。

你试看他青史功名，你试看他朱门锦乡，

繁华如梦，满目蓬蒿！

此后，李叔同迎来了一种庄严、刻苦的人生。

赴杭州执教，两身云灰布长衫，黑哔叽马褂，高额、细眼、长型面孔，有了一种神圣悲悯的神韵。

这与少年时的李文涛，日本时的李岸相比，几乎脱胎换骨。

“他做一样，完成一样；他放下一样，便永不回顾。这种看得破、忍得过、放得下的断腕魄力，是别人所没有的。”

他在杭州执教期间，给学生的信中劝导说：“要和光同尘，既保留个性，又为世所容。”

这样一种做人的态度，后人总结为“以出世的心做入世的事”，入世时，每一分做得彻底，又不执着。如此，才能活在世间，却不属于它。

◯◯◯

于每个时代而言，高尚的人格，比绚烂的艺术，比倾城的财富，都更缺乏。

三十九岁的李叔同，艺术已臻化境，却无法解决他心中人生究竟的问题。

“什么是人生究竟的知识？”雪子问他。

李叔同说：“开始，我学诗，学书，学金石，回头思量思量，不过是庙堂心理的反映而已。

“之后，我再追求西洋喜剧、音乐、油画，可这能济哪一门的世，满足哪一点神圣的文艺心理？

“人类与生俱来的哲学质地告诉我们，我们必须有智慧、有器识、有定境，才能创造更美好的世界。”

最后，他说：“我想通了，一切世间的艺术，如没有宗教的性质，都不成其为艺术。但宗教如没有艺术上的美境，也不成其为宗教。”

此后入空门，六艺俱废，让世间才华绝代的李叔同，成为永远的过去。旧友柳亚子称此举“不可理喻”，“使中国文艺蒙受不可估量的损失”。

世人眼里，他绝情至极，抛妻弃子。

那个让多少凡夫俗子动情的桥段，雪子最后一次见他，失控地责问："法师，你慈悲对世人，为何独独伤我？"

弘一法师背身立于一叶渐远的小舟上，沉默无言。

俗世的温暖，妻贤子孝，只是第一层楼，艺术成就，在第二层楼，如丰子恺所说："艺术的顶点，只有宗教。"

披剃后，弘一法师于佛前立誓："绝不做一个碌碌于岁月轮下碾得魂消魄散的啖饭僧。"

他再三告诫自己："你不要忘掉前人的创痛，做历史的疮疤！时时刻刻，观照自身，如履薄冰！"

当时他面对的，是僧林的德行破产，佛门清净不再。知识阶层将佛门列入"三教九流"，平民百姓视佛法不过神狐鬼怪。

佛门之外，众生的现实一片黑暗，弘一跪于佛前，泪流满面，不能抑止。

"没有严持戒律的佛教行人，如谈到高深的定力与大智大慧，那便是一片谎言！佛言：'佛灭度后，以戒为师。'是千古不移的真理。"

于是，弘一法师投身佛门中最冷僻艰难的律宗，因"律学到今天一千年来，由于枯寂艰硬，而成为绝学，无人深究力行；于是佛门的德行败坏，戒律成为一张白纸，令人悲叹！"

"如我不能誓愿深研律学，还待谁呢？"

从此后，持最严格的戒律，入经阁编修律学经籍，房门上一幅"虽存若殁"，用以婉拒各方，避免做一个"应酬的僧人"。

他把自己的生活降到了最低处，矮小的关房里，一坏桌，一旧榻，一烂席，一破帐，日啖一餐，过午不食。

借苦行，让曾经浸染繁华的烙印消散，磨砺出坚韧的意志，培育一颗慈悲的道心。

多年后，许多故旧千里寻来，经年积累的不解与质疑，待见到法师，尽都烟消云散，反被那一种简穆的气质震慑，切切生出敬畏来。

世人对佛法的误解，最大莫过于认为其消极遁世。

弘一法师说："佛法积极到万分。佛说的空，是劝人止灭心中的贪欲，心中贪欲一除，杂念一净，心地自然一片清凉光明，济世悲怀自然就充溢心胸。"

一九三八年四月，厦门沦陷前，弘一法师在厦门，却不避烽火，一心殉教。日舰司令慕名寻访弘一大法师，见面后，诱他赴日享国师待遇。

法师淡淡回道："出家人宠辱俱忘，敝国虽穷，爱之弥笃！尤不愿在板荡时离去，纵以身殉，在所不惜！"

自古，高僧大德，圣贤名士，存在的最大意义，除了自己得道，便是为渺渺世人立下一种可参照的人格境界。

为僧二十四年，他凭一己之力，点滴改变了佛门在世人心中的形象。对知识阶层，他的影响更为深远：在精神生活之上，经由他得以一窥庄严喜悦的灵魂生活；在世间名利之外，发现能将高尚的人格也作为追求的目标。

一己之影渐成明灯，照进世人心中的角角落落。

他常言：“庵门常掩，勿忘世上苦人多。僧人必须比俗中人守持更高的道德标准，方能度人。”

一九四三年，弘一法师六十三岁，于圆寂之前，交代后事，其中有一句：

“当在此诵经之际，若见余眼中流泪，此乃‘悲欣交集’所感，非是他故。”

并起身写下绝笔“悲欣交集见观经”，后安详圆寂。

“少年时做公子，像个翩翩公子；中年时做名士，像个名士；做话剧，像个演员；学油画，像个美术家；学钢琴，像个音乐家；办报刊，像个编者；当教员，像个老师；做和尚，像个高僧。”丰子恺将其先师一生如此勾勒。

张爱玲说：“不要认为我是个高傲的人，我从来不是的——至少，在弘一法师寺院围墙的外面，我是如此的谦卑。”

多少年后，朴树在台上唱《送别》，哽咽悲泣不能继续，说有生之年，若做得此曲，命绝也罢。

看视频，忆起十四岁的那个夏天，每日捧书痛哭流涕，又清楚感到内在被一点点涤清。二十年过去，心中震动竟不减半分。

只因，世间只此一个李叔同。

24

不上不爱上的班，不赚不想赚的钱

十年前，舒国治在京中短暂居停，同事跟他约到一次采访，我正好顺路开车载她过去。

到了一个巷口，同事下车，忽然指着不远处一个男人，丢下一句："瞧，那就是舒国治，台北一奇人。"便匆匆奔去。

我透过车窗看去，那人身材颀长，负手而立，正看着一截矮墙上探出的几支海棠。粉色的花影，飘飘晃晃映在那片白墙上。

巷口车来车往，有司机不耐烦地冲我按喇叭，急急开走前，我回头张望了一眼，他仍然背手孑然而立，与面前的忙碌世界划清界限。

那是我唯一一次见到舒国治。只觉样貌朴实，不知何以能被称"奇人"？

倒是他脸上安顿着一股宁逸之气，让人过目难忘，跟十年前周遭的男人们截然相异。

后来，看到他书中写及赖床的段落，才有些明白。他写道：

“端详有的脸，可以猜想此人已有长时间没赖床了。也有的脸，像是一辈子不曾赖过床。赖过床的脸，比较有一番怡然自得之态。”

恍然大悟之余，看看人群中更多的脸，总有一种用几杯咖啡吊起精神的萧肃。

那面之后，开始看舒国治的书，从此迷上，一迷迷了十年。

其实，他那般散漫成性，几十年写出的书，来来回回不过六七本，长久地占据在床头睡前书目里。这十年，住处换了三次，他的书总是放在书架上最易取的一角。

一次朋友来家，在书架前巡走，最后提出要借舒国治，我用上全部涵养，硬是没痛快地挤出个“好”字。

朋友脸上略显尴尬，作罢。我心有不忍起来，想着怎么这么小气，又十年来这几本书怎么总也翻不厌？

想来因为，世间太多苦心孤诣经营名利的人，难得他的散淡和无用。

世人行文，太多教诲他人如何为人处事（自己也难例外，常觉羞愧），如何职场晋升，月入五万。

他写的，只是睡觉，流浪，喝茶，晃荡，以及遍及台北街头的小吃，并且绝不在末尾扯出些点醒世人的大道理。

世人多不快乐，而他总是快乐着。有人问他，不开心时怎么办？他答：“去他的！”

舒国治被称“奇人”，主要是因为如他这般，将一生任性挥霍而过，当今世上似乎是没几人的。

二十几岁凭借一篇《村人遇难记》扬名台湾文坛，却没有趁热开疆辟土，转身去了美国流浪。

七年里开着一辆破旧的雪佛兰二手车，游遍美国四十四个州。以零星稿费为生，花光了，就在旅途中某个小镇打些零工，存些路费，继续漫无目的地晃荡。

后来回到台北，四十多岁开始有了一个“专栏作家”的身份，却规定自己，每周撰文不得超过两篇，每篇字数不超过两千。

住在台北湿热的公寓楼里，他坚持不装冷气，家里也没有电视机电话网络这样多余的东西。

朋友有事找不着他，心急火燎，好不容易见面后，舒国治觉得抱歉，差点就觉得装答录机很有必要，但过后再想，又觉根本没什么了不得的重要事。

舒国治的整场人生，是极简的内涵。

陈文茜曾用这么一段文字描述他：

“一个下午，我们一长桌十人坐在一块儿品茶。十人当中，有人身价百亿，有人负债千万，也有人每月靠几千元稿费过日子。一桌子人里，最快乐的就属这个人，他无家、无产、无债、无子、无物欲，只是如今难得地有了一个女友。

“衣服只有几套，人生却晃游阅历无数。他的财富以千元台币计算，每次户头见底，才提起笔，给自己增加一些零头小钱。”

舒国治曾在《十全老人》中，写过他心中的理想生活：

“容身于瓦顶墙房舍中，一楼二楼不碍，不乘电梯，不求在家中登高望景，顾盼纵目。

“穿衣惟布，夏着单衫，冬则棉袍，件数稀少，常换常涤，不占家中箱柜，正令居室空净，心不寄事也。

“家中未必备唱器唱片，一如不甚备书籍同义，使暗合家徒四壁之至理也。”

他理想的是“家徒四壁”，还说“今日若有人能过得这般日子，必定是神仙圣贤之流了”。

十年前，迷上舒国治的书后，被他的文字煽动：

“我赌，只下一注——不上不爱上的班，不赚不能或不乐意赚的钱——看看可不可以勉强活得下来。”

于是，我也跟着鬼迷心窍地辞了工作。

像是忽然认识了某个显赫的朋友，便可以赖着他安心荒废一段人生。

我只是第一次知道，世上竟还有这样过日子的人，没有计划，守不住规矩，他说：“世道再难，也要畅快呼吸”。

那时我闷在城中最繁华的写字楼、半平方米的格子间里，整日地吹着空调，夏天需要披肩，冬天只着单裙，任外面寒来暑往，办公室永远吹不进一丝不合标准温度的风。

这般舒适，我却觉得透不过气了。

常常看着二十几层楼的窗外，阳光被玻璃墙阻断，透进来稀稀拉拉一点，还要拉下遮光帘再阻断，然后我们全天开着灯。

纵目所及，皆是高楼，除了桌上一盆绿萝，再看不到一点绿色。

四周专注盯着电脑的同事们，好像少有我这样心猿意马的。休息时聊聊明星八卦、时装趋势，下楼去吃顿好吃的，一日日也过得挺好的。

为什么人家就能适应还能享受？那时，我真心羡慕能安住在格子间里的每一个人。

心里始终笼罩着一个疑问：我在这里总待不住，是我有问题？还是环境有问题？

好在那时看到了舒国治，文字清简，却轻易就触动人心：

> 当你什么工作皆不想做，或人生每一桩事皆有极大的不情愿，

在这时刻，你毋宁去流浪。

去千山万水的熬时度日，耗空你的身心，粗粝你的知觉，直到你能自发地甘愿地回抵原先的枯燥岗位做你身前之事。

人之不快乐或人之不健康，便常在于对先前状况之无法改变。

而改变它，何难也，不如就离开。但离开，说来容易，又有几人能做到？

事实上，最容易之事，最是少人做到。

于是，我“甘心放弃，放弃那一种生活”。

这许多年后，我仍庆幸是在十年前看到这些煽动人心的文字，二十几岁的心，无以抵抗，便真的去率性而行了一段，开启了此后永不朝九晚五的人生。

如若换至今日，人至中年，又拖家带口，恐怕难有那样的决断了。

想来，人生若是一场自助餐，那么一入场时就要挑自己最爱的吃，若是等着留到最后，怕是已失了胃口。

如果你以为舒国治是在教唆人都去辞工流浪，那是对他的误解了。

他还说过：“如果心里没有一种稳定的能量，在外面瞎晃的时间越多，心里越空虚。”

实在是只有瞎晃过的人，才能感同身受，而在空虚中长出的志气，更显厚重。

舒国治的难得在于，他超越了“有钱才能如何”的普世逻辑。

他是在穷中谈吃，在清简中散淡宁逸，世人以贫为耻，他安贫乐道，甚至有时我猜想，他大概是以穷为追求。否则不会说：“纯粹的流浪，即使有能花的钱，也不花。”

如《浮生六记》中的沈复芸娘，享受人生中的清欢，而非富贵后的闲趣。因为“清风明月，时在襟怀，常得遭逢，不必一次全收也”。

他的人与文，站在整个时代的反面，清简度日，自得其乐。

我们大多数，所求太多，往往失望，不能让自己满意。所求太少，往往焦虑，因不能让别人满意。

而舒国治，活出一个与大多数人完全不同的人生版本，让这个世界多一种可能，并且，以他习惯的无心插柳的姿态，捎带着照亮过他人的人生。

然后，尽情而过，尽兴而活。

25

最理想的生活

书画家蒙中，像是大理的一个谜。

他那著名的院子（内有九个院子，却只有两个卧室），被“一条”报道后，点击量三千多万，被评价为当代中国文人“归园田居”的典范。

许多旅行者慕名而来，根据报道中不甚清晰的位置，在喜洲镇的农田里寻来晃去。

稍有些名头的人，来大理找各种关系牵线，想要到“竹庵”拜访一次。

我就被各路来客拜托过几次，让“代为给蒙中递个话”，很有种旧时地下工作者联络时的氛围。

一年多前，刚搬来大理时机缘巧合认识了蒙中，我曾特意找了那支爆红的视频来看。全片不见院主人蒙中，竟因此对他好感倍增。

在一个艺术家都要博眼球的时代，放弃这样的曝光机会，将设计师推向亮光中，此人要么有成就别人的雅量，要么有隐者的淡泊。

在北京时，与一些艺术家略有接触，许多于风雅之下，或放纵潦倒、或伪善精利，实在是看得累了。

即便“隐”，也真假混杂。古有终南山上所以隐者云集，因那山离皇城最近，有朝一日被召回，加官晋爵，可以顶着曾为“隐士”的淡泊光环，继续仕途风光。

以致隐逸也能成为沽名钓誉的手段。

木心曾一语点破：“中国现在不少文人，说到底，是儒家。三个月不做官，急死了。”

对蒙中真正服气，是在去他那著名的院子里不知喝过多少盏茶之后了。

那座院子疏朗磊落，毫不繁复奢侈，不是靠钱能堆出来的。

蒙中花掉大半积蓄，租下重建的这处院子，租期只有二十年。

第一次去时，我惊讶地问：“二十年后怎么办？”

他答：“不去计较。”

一瞬间，便觉自己真俗。

蒙中说，赚钱是能力和运气，怎么用钱是境界和水平。

借木心的话：“中国古代，有些人是会用钱的。倪云林，晚年潦倒，刚卖了房子，钱在桌上，来了个朋友，说穷，他全部给那个朋友，这才是会用钱。”

今人听来当笑话，只因士人风骨，早就绝迹了。

二○○六年，蒙中第一次看到木心的书，惊叹，原来世间还有这样的人在。买下其所有著作，在心中引为知己。

又一次喝茶，正是五月，高原上春日和暖，全仰赖艳阳。下午阳光退去，周遭便森冷起来。

客厅里有一口壁炉，蒙中起身去生火。

他习惯戴一副老式黑圆框眼镜，神情颇似林语堂，又十足旧时私塾先生范儿，从院中取来小捆柴，三下两下生起一炉火，前后十分钟不到，看得人瞠目。

过去也见过稍有些名声的艺术家，活得奢阔抽象，十指不沾阳春水，更别说做劈柴生火这等粗活儿。

家中做清供的瓶插，多为蒙中从园中剪来的枝条，其中姿形极惊艳的一瓶，是在苍山上捡的。

他说：“爬山时提个篮子，见到好看的枝条，就捡回来。”

墙外田边辟了一小块菜地，日日自己侍弄。

但见他这般过日子，才觉是生活。

又隐约觉得，有这等娴熟生活技能的人，大多是过过苦日子的。

应付得了生活的苟且，才能在人前活出一种毫不费力的清雅从容。

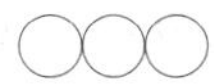

蒙中一九七五年生人，家中三代单传，他自小跟父亲单过。来大理前，四十年都在重庆度过。

“儿时的家，背枕弋阳山，面对着长江和嘉陵江交汇处。江水汤汤，日夜不息且泾渭分明，对岸是葱翠起伏的南山。

“要是遇见雨霏，山影化作墨色轮廓，流云变幻出浓淡轨迹，简直是卷淡泊明净的米氏云山图。”

我猜想，蒙中幼时对书画的兴趣，一部分就来自从小凝视的这自然之中的云山变幻。

“船头水手，船下搬运工人，在江风船笛此起彼伏间，过着命运派给他们各自的日子。”

“父亲就做着类似搬运工这样的体力工作。

“没什么文化，却好读书，尤其痴迷古典，好看武侠小说。《七侠五义》《三国演义》，金庸古龙，是父亲半生孤寂生活的调剂。

“像我这种单亲家庭的孩子，从小孤独内向，父亲脾气孤傲又有点古怪，我大部分时间就自已玩，画画写字。”

对蒙中，父亲最大的坚持是，你要有自己的特长爱好，这种东西是人的立身之本：“以后最好就像唐伯虎那样，到什么地方只带个印章，人家都对你很好。”

小时候，晚上睡前，蒙中端盆水洗脚，一边泡脚一边用手蘸水在水泥地上写字，直探到够不着的地方，再看着笔画由浓变淡，直至消失，盆中水早已冰凉，而父亲静默一旁，从不催促。

家中没条件，蒙中的书画底子，大多凭自己琢磨练习。

抄《唐诗三百首》练书法，临《芥子园画谱》，迷《红楼梦》《浮生六记》，在《从文自传》里看到一生想过的生活。

对生命中美而细碎的日常充满向往，又有一种人生到头不过空茫茫一片的悲凉底色。

蒙中说，他一生的走向，都在少年时代定下了调子。孤独，自主，凭借些许天赋可自娱自乐，喜欢美的东西，又清楚一切莫要执着。

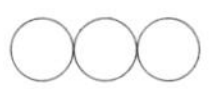

上初中开始偏科，他就想放弃英语和数学。

班主任开家长会，对父亲说，你这孩子开始偏科了啊，以前成绩很好的，要管一管。

“我爸就说，五个手指头不可能一样长，他有长处很正常。老师就很生气，说你家还有什么家长？换个人来开家长会！

“我说，没有了。

“老师说，那以后你自己来开家长会。”

放弃了数学后，中考时全靠他的微雕功夫，在美工笔的笔管上，密密麻麻刻满公式，刚好每个公式都有用，最后得了八十多分。

一九九五年，蒙中考上川美，是他所读的工厂子弟校几十年唯一一个，当年美术老师最宠他，教了半辈子书的心愿，就是能出一个川美的大学生，蒙中给实现了。

可是，第一年要交六千多块钱，家里没钱，蒙中拿到通知书，决定不上了："打算跟一个朋友出去学古玩字画的修复。"

结果，父亲工厂的一个阿姨知道后，提了一包钱来找蒙中，劝他去上大学。

"她劝我说不要背包袱，这个是老天爷安排的，你能考上就去读嘛。钱是小事情，现在看你觉得是一个坎，以后看都不算个事，她说现在我刚好可以帮你，你就接受……"

蒙中凭此上了川美，本来报的国画系，却因为成绩好，被油画系录取，蒙中又去改系，与另一位国画系学生交换专业，老师们都不解。

九十年代西洋艺术流行，国画系是冷板凳，没人愿意上，毕业找不着工作。

果然，毕业后，蒙中进了电信局。上班写写标语，写写通知，做点打杂的事情。

后来又去了出版社，不用坐班，每星期去开两次会，剩下的时间都是自己的。

这样的工作断断续续十几年，赚得不多，但图个能待在家的时间特别多，可以潜心于自己的书画。

那时他在西南地区书画界已经小有名气，在出版社做的书得过业内最高奖。如果趁年轻时去北京混个什么名，混更多钱，也不是没可能。

但蒙中说："那种成功，是我一直不太屑于的东西。甚至那些工作，当我有一种自己的生存能力的时候，我立马全部扔掉，我知道，它只是一个船而已，过了河，这个船再没必要。"

直到三十六岁，获得了一种自我生存能力后，蒙中离开出版社，连同那些书协会员、大学老师的名头，一起成为被他抛弃的船——他终于成为一个可以专职画画的人了。

四十岁，来到大理，隐于古镇田边，为了滋养他的艺术。

木心说："为人之道，第一念，就是明白：人是要死的。生活是什么？生活是死前的一段过程。"

因此，知道要做什么后，人要有一种决绝的放弃。

年过四十的蒙中，自从幼时抱定对书画的理想，几十年间便再无诱惑可以让他一改初衷。

书法、绘画、文学、古琴、玩石、拓片，甚至插花，所有能滋养他艺术的部分，他都敞开来接纳、研习。

"艺术广大至极，足以占有一个人。"重要的，是这个人，甘愿被艺术占有。

"不失其所者久。这个'所'，是本性。"

蒙中的本性，曾在他笔下流露：

"偶尔看呆画卷，《清明上河图》上我最想做个轿中人，一路过去，红尘繁华慢慢地走；看《千里江山图》，却想做只水鸟，春来三月，天空湖阔，任飞翔。

“生命，无疑是个大题目。不少人呕尽心力，想把它做成一篇大文章，而我只愿将它做成小题目，随兴，自在，充满生命本真的意趣，如竹庵里这些花草般。”

唯一一次，留在竹庵吃午饭，正值我心情郁结的一段。

曾在他文章中读到：“父亲生前很爱弄些稀奇吃食，有一回清早，他到楼上阳台摘来两支昙花，午饭我们就尝到了鲜美的昙花汤……

“这些往昔景致人物，早已揉进我命里，每想起，总觉山河日月间，天道悠悠，人世间是样样皆好，一切都透着无比的静软与安详。”

那一餐，餐厅三面落地窗，对着前院的花木，中庭的池塘，斑驳竹影在白墙上轻晃，老式竹屉蒸出的白米饭，嘴里嚼着，眼里没来由地热起来，“人世间样样皆好”，心中郁结竟慢慢散去。

几乎十年前，蒙中就写过：

“我的梦想，是能在如王希孟《千里江山图》中那样的逶迤连绵的山水里，依傍竹林，盖几间茅屋瓦房，篱笆院落，栽种些桃李芭蕉，寻常花草，看莺飞鱼游，云山变幻。

“在这样的地方，静静读我未读的书，画我心中梦想的画，平淡而宁静地享受我的书房生涯。”

眼前所见，正是他十年前的理想。

有人在繁华场觥筹交错，有人在高山流水间闲观花落，凡从艺术者，但看他今日的过法，便知明日成就几何。

手下功夫，心中境界，骗得了别人，骗不了自己。纵使骗得了自己，最终也骗不过时间。

蒙中一生所求，他曾写道：

“人与画，不论成就与高度。我想，到最后，应该像山野间的溪流，自在至真，自有活头源水，又似一棵树——苍虬劲挺，孑然潇洒，谈笑在日月山川里。”

这也是我理想的生活。

26

去过一种经过选择的生活

为什么纵容自己随心所欲，也会无以为继？为什么不加选择的生活，会处处有一种“模糊的不适感”？

说到底，舒适、满足、美好的日常，通常笼罩着一层理性之美。

我彻底放纵了两个月。

一篇稿也没写，吃了很多肉，没有每天打坐，还毫不节制地投入社交，只要有人叫我吃饭我就去，没人叫我了，就在家呼朋引伴大宴宾客。

手机不离手，随时处理工作，不再为多挤出一点独处的创作时间，而费力地管理一天的节奏。

想游泳了，立马出门，想在咖啡馆坐多久，就坐多久，听人们唠叨种种八卦和故事。

直到聊无可聊，一起围坐吧台，沉默枯坐，有一口没一口地啜饮着白水（常常已喝过数杯咖啡）。

什么上午写作，下午运动处理琐事，晚上陪娃，娃睡后阅读的固定节奏；什么无所事事泡咖啡馆不超过半天——诸如此类井然有序的日常，统统抛之于脑后。

一种我已经有点陌生的、丝毫不经过筛选和克制的生活。

想来，放纵的起因，是我陷入一种对大环境莫名其妙的悲观消极和无奈的情绪中。

那些汹涌而来花样百出的负面新闻，持续数周、声势不小、却最终无一人因此获罪，终于不了了之的米兔运动（Me Too，反性侵运动）；老公被曝出性侵丑闻，舆论的关注点却是对他太太的嘲讽与幸灾乐祸。

另一边却是很多网民沉浸在一剂又一剂慢性毒药中，打开微信就是一群公号兴致勃勃地讨论宫里头哪个女人更厉害，什么样的女人更容易获得皇上宠爱。

号称自己是“女性主义者”的一些大V，沉浸于分析宫斗剧、职场中和婆媳关系里的各种斗争技巧、获胜装备，还不忘时时观照一下现实，祭出诸如“正室范儿究竟是什么范儿？”此类苦口婆心的人生

教诲。（看到真的恶心了一下）

我常常以为我生活在一个假的现代社会。

想起读研时，因跟着导师（女性）做了几个关于男女平权及女性主义领域的研究课题，颇有些成果。学院里一位德高望重的学术泰斗（男性），某天在课后专门叫住我，语重心长地说："别尽研究些没用的东西，到时候给自己的学术道路贴上个什么'女权'的标签，自毁前途。"

据说名校应该是国之重器，可许多名校中的权威们或许从不这么认为。

我本来有望继续读个博士什么的，可是我抬头看了看前路，觉得着实没什么意思，还不如投身滚滚红尘，至少免去揣着庸俗的里子，却要装出个身在国之重器的面子。

我看着四岁的女儿，遥想再过十几年，她长大后面对的世界，会不会对她的女性角色更友好一点，目前看，丝毫乐观不起来。

我一介升斗小民，人微言轻，想不出如何有助于改善时代的无良之处，又心虚只是打理好一己的生活——这种对个体幸福的追求，会不会像一个精致的利己主义者那样，属于只扫自家门前雪，不顾他人瓦上霜的范畴。

我是学新闻的，明知道个体的情绪常常被媒体的议题设置所左右，竟还自愿跳入其中，以匹夫之勇，操着忧国忧民的心。

无望无奈的情绪，消解了好好生活的心劲。

这两个月放纵的行径，与我习惯的生活方式——素食、因自律产生的节奏感、在社交上的节制、在表达上的克制等——背道而行。

以前会觉得，放纵的样子一定很颓。可恰恰相反，我表现得好high（亢奋）。

出差时，与合作伙伴正襟危坐，品尝米其林大厨的手艺，以前在这种场合，我会表现出起码的端庄，话语点到为止，绝不多言。

可是那天，我像搭错了线路，径自高谈阔论，活跃气氛，虽不至丢人现眼，却也引得同事在宴席结束后，对我感慨，你如今好像变得更活泼了！

我盯视他数秒，看不出褒贬。

人妄图说对自己有多了解，可当浓重的情绪碾压时，理性也会束手就擒。

前几天看《那个在西雅图偷飞机的年轻人》也可看出，人的行为终究不能从过惯的生活中全盘推导出来。

这就像祝勇对历史的描述：

“历史没有先见之明，也不能选择捷径，在目的未明之前，一切都处于昏昧之中。”

多像在说一个人。

有人说，读史的意义，在于避免重蹈覆辙，这话真是高估了人性。读史的一大作用，大概是当重复过去时，你可以腹诽：“又来了！”

一个月过去，我还没有半点回归原来生活节奏的迹象。

因为不再每日雷打不动地坐着写三小时，于是脑子里不再频频冒出“灵感”，不再时时急迫地奔于电脑前或掏出手机，记下生怕稍纵即逝的语句。

不再每日打坐冥想，意味着和自己有了疏离，失去了恒静而稳定的能量加持。

没有了节奏，没有了节制，没有了自省，没有了空空的寂静，也没有了对许多命题的思索。

只剩下动物般无目的的松弛感。

第二个月，老友们开始发微信问候：好久没看到你写的东西了，发生了什么？

处于动物般松弛中的我，说不出发生了什么，盯着对话框时忽然冒出了两个字：堆肥。不假思索地发过去。

堆肥是啥？

我去朋友家的农场，看到厨房下水管直接连着堆肥池，残羹剩饭一径排入池中，假以时日，发酵成上好肥料。

在曾经长久的自持里，挤入一些未经预期的放纵时光，于感受世界而言，或许就是在堆肥吧，我用这个理由聊以自慰。

再年轻些时，看不出这般道理，每当突然想放纵一下，想荒废一下，想擅离轨道一下，总是伴随着深深的自责。

两个月快过去时，在轻飘飘的放纵的日常里，我渐渐生出了种种“模糊的不适感”——

“上千种微小厌恶的总和，却不是悔恨，而是一种模糊的不适感。”罗斯丹总结。

这种感觉，像是许多行到中年的人，时常吐露的：“说不上哪里不好，但就是觉得没意思。”

也像许多身陷抑郁的人，表现出的，“做什么都提不起劲儿。”

大多数，并没到抑郁的地步，却也不处在平静或愉悦的状态中，与身体上的亚健康相对应，是精神上的“模糊的不适感”。

这种感觉，也出现在多年前我的第一次间隔年中，去西藏尼泊尔逛荡了三个月，就间隔不下去了。

想念有秩序的自由，想念劳逸交替的节奏，想念与人对坐采访时那种时而被他人的彻悟刺激得打个激灵的感觉。想念创造的乐趣，而非纯粹看世界的新鲜。

舒国治劝慰年轻人说，当眼前堆积着诸多不情愿，毋宁去千山万水中耗空身心，以生长出一种回归现实的心甘情愿。

这种耗空和再生长，其实是在说，去过一种经过选择的生活。

挽救我于放纵中回归的，是从前经过选择的生活惯性。

用短暂的两个月随波逐流地生活，大概属于中年人的试错。无须去千山万水，只是偶尔停一下，就会迎回那种心甘情愿。

三天前，毫无预兆地，早上醒来，我强烈地想要坐回书桌前，想要回到那种看似自虐的自律之中。想要在一上午的奋笔疾书后，出去活动一下僵直的身体，然后吃下一大盘蔬菜坚果沙拉。

窗外薄云摇摇，苗青雀静，书桌前所见的几株玉兰树，叶子被雨水洗刷后，在阳光下泛着薄光。

晚上散步回来，家门前一排行道树发散着幽幽的晚香，又不知是什么香，总之配合着天上的明月，很有一种与世远隔、独享清幽的味道。

是我熟悉的味道。

我更加笃定，一个人，须得有个与世相对的支点，犹如“撬动地球的那根杠杆”，有人选择宗教，有人选了哲学，有人选了现实的理想，有人选了眼前暖呼呼的那碗汤。

支点是什么不重要，重要的是，得有支点。

人的需求有多复杂？我曾以为很容易厘清，如今看来却是杂芜不堪，充满偶然，欢闹久了就想出世隐逸一下，避世久了又想念繁华，没什么大不了的。

有了支点，众多纷乱的需求好歹有个方向。

而引发我放纵的——一介小民如何与时代的无良相处——这个命题，仍萦绕于心，也在昨天看到一段大和尚的开示：

“于暗夜中为作光明，于失道者示其正路，于病苦者为作良医，于贫穷者令得伏藏。”

你该看到的，总会在你正需要时出现——我相信冥冥中有这种仁慈。

看不到方向，就自己成为方向，看不到光明，就自己成为光明，这不是狂妄，而是担当。哪怕只是一灯如豆，至少也能给小蚁照个亮。

27

人到中年，如何避免晚景凄凉

朋友说她妈总爱念叨："老来苦才是真的苦。"最近老是想起这句话。

大概是经济前景扑朔迷离，悲观气氛四下弥漫，许多中年人唉声叹气，觉得必将晚景凄凉。

我凡事总爱抱持着积极的心态，倒是觉得，在个人层面，总有例外。所以，想写一写"人到中年"这个永恒的话题。

人近中年是一种什么感觉？

就是不愿再一条道走到黑，而是频繁地想要"平衡"。对许多事有了敬畏感，相信前世今生以及命运——这些年轻些时不屑一顾的东西。

还有，开始常常思虑，当老之将至，该何去何从？

作家刘远举在《八〇后、九〇后终将晚景凄凉》一文里，大致展望了一下我们这一代即将面对的未来：

二〇一四年年底，中国的老人达到 2.12 亿人，成为世界上第一个老人破 2 亿的国家。

大约再过二十年，中国老人将突破 3.5 亿，此后一直到二一〇〇年都不会再低于这个数字。

到二〇五〇年，老人占总人口的比例将高达 33%，意味着两个年轻人就要抚养一个老人。

二〇五〇年，我六十七岁了。膝下只有一女，取名“逍遥”，长大后随侍在我们身边的概率，大概等于零。

脑补一下，周围三分之一都是老年人的场景（去那种社区超市就可以提前感受）。

第一反应是，我女儿将来所见的那个世界，是不是一派暮气沉沉，斤斤计较？

如果不能伴随着智慧和安详，那样的老年生活，不值得一过。

年老和智慧的正相关，只出现在神话故事里——仙风道骨，白眉飘飘，面容安详，透着智慧的光芒。

可现实是，智慧从不是一件随年龄增长而增长的东西。

我向往怎样的晚年？

没有比纪实电影《人生果实》里的津端夫妇，更让我怦然心动的老人了。

修一和英子是一对相伴了六十五年，过了四十年田园生活的夫妻，在日本被冠以“现代陶渊明”。

九十岁的修一在干完农活后酣甜的午睡中长眠，八十七岁的英子穿着黑色连体裙和黑丝袜送别他。

长达半分钟修一遗体的镜头，看得没有半分不适感，轻柔柔的，让人觉得死亡是一件极自然的事。

修一说：“活得越久，越觉得人生美好。”我被这句话触动，像瞬间心里被点亮。

有能量的人，大概就是这样。自自然然的一句话，隔着生死，在遥远的某处，将一些莫名的能量，灌注到一些人的生命中。

所谓智慧，也就是这样充满能量的启发。

他还说：

“人老了，就算想要仰赖国家和行政系统，也是会觉得不安。

“现在好像不是付了税金就可以得到援助的时代了，每一个人都必须具备存活能力。‘只有自己和家人才可以相信。’我和英子都有这种观念。”

我们八〇后九〇后一代，也已不是付了养老金就可以得到妥善养老的时代了。每一个人都得提前思虑，如何在老去时仍然具备靠自己的存活能力。

前几天出差坐高铁，北京南站，巨大的液晶屏循环播放的画面，是车站工作人员帮助老人抬轮椅上下楼梯。

画外音说，车站成立了帮扶小组，专门帮助行动不便的老人。

片子末尾照常放出煽情的歌曲，歌颂帮扶小组的扶老精神。

看得人来气，各行各业总是能这么自恋地避重就轻。

公共建筑在设计时没有充分考虑老弱病残的动线，这本是极大的疏漏和设计理念的粗暴，不思改进也就罢了，还大力赞扬因错误带来的人力浪费。

我们就在这样的欺世中自欺，也不知道这些设计和建造者，是否会在老年时享受到自己的粗鄙作品。

千万别抱着老去时，会有一大批机器人伺候我们的天真念头，这飞速发展的几十年，连个无障碍通道都没能变得普遍，又怎么可能在未来几十年，有三四亿日用机器人从天而降，昼夜不休地等待我们召唤。

生活又不是神话故事，哪有那么多天兵天将。

如今经济环境一年差过一年，刘远举说，我们必将晚景凄凉。宏观上，我赞同他所说。

但我凡事都抱持着乐观的心态，做事之前，也常常会有意无意忽视将遇到的困难。

凭借盲目的积极和自信，或许还有运气，我任性又自专地过到现在。

所以，面对晚景凄凉的大概率，我也绝不愿坐以待毙。

某年冬天，我在北京出差，穿过一条街时，看到路边几个老人坐着轮椅晒太阳。

背后是轰隆隆正在建设的高楼工地，他们的靠背，几乎贴着工地蓝色的铁皮围挡，膝盖上覆着毯子，面前一米之外，就是川流不息的车河。

那样向前奔涌的忙碌环境，不该安放晚年的时光。

人口千万级的大城市，是属于年轻人的。

像北京这样的城，没有中央公园，没有宁静的小巷，没有推门即见的相熟邻人，没有旧时民俗，没有明月繁星。

这城市里的每个人都像一座孤岛，每个老人，就像孤岛旁时而被潮水掩盖、飞鸟都无法落脚的礁石。

换个城养老会不会好？这个思路，是大多数中年人的选择，于是，在海南、云南、广西的许多山水小城，都有一座座被北上广中年人买下后空置着的养老地产。

买的是个心理安慰。

二十出头时，我在北欧游学，看到的老人群体，给我留下了极深的印象。

他们独自缓慢地挪过马路，人人牵着一只或数只狗，神情冷静，周身都是一股孤郁之气。

让行的车辆就那样静静地等着，时间一秒秒地过去，像是全世界都在屏息瞩目那苍老的面孔，以让年轻时的狂妄在年老时显出尘土的质地。

听当地的华人留学生介绍，北欧老人独居的比例非常高。

即便坐享高福利，良好的医疗，完善的城市设计，可这一切，都不必然使一个老人感到快乐。

想象他们在极夜的几个月里，如何独自挨过，难免让人对生命的终段感到恐惧。

好在还有京都。

一条条巷弄里，一扇扇柴扉后，到处是缓慢移动着劳作的身影，腰弯得极低，行走常靠手杖。无论老头老太，都穿戴精致得体。

看到我的蹒跚走路的孩子，无一不是停下来跟她说话，脸上的笑容，是我一生所见最灿烂的。

我对他们不停地笑着，点着头，走远了回头，老人还在那里弓着腰笑容满面地朝我们挥手。

记得有一位老人，咖啡色套装上，靠肩处，别着一枚山茶花大胸针，抢眼得很。都说日本人含蓄内敛，可老人们，许多却开始现出童真和俏皮。

九十岁的修一说：“抱怨、批评在我们家是禁忌，所以我是以思考眼前的未来，和做快乐的事情，活到现在的。”

不知道京都老人的俏皮和快乐，是不是普遍出于这样的原因。

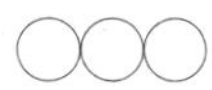

像修一那样，对这场生命感到了无遗憾的老年生活，理所当然，是留给那些有准备的人的。

就像愉悦而富有创造力的中年时光，脱胎于充分试错、不断探索、靠近自我的青年时光。

我希望女儿看到我们智慧、优雅、愉悦、满足地走完人生的末路，能让她对生命充满感恩。

已为人父母，我给自己加上这样一份微小的责任。

我开始把规律的运动放在生活优先级首位，太极拳和游泳，是我为逐渐老去的生活做出的选择。

其次，打磨一项技能，这既出于趣味的需要，也有助于老年时的财务状况。

学个花艺、木工、咖啡、茶道、摄影、制陶、塔罗、算命等等，什么都好。

未来三四亿老去的八〇后九〇后，在经过了折腾的、鸡血的、焦虑的、奋进的中年，从动辄上千万项目的泡泡中清醒，必然得回归生活。

这些人，年轻时被消费升了级，也走过世界的许多角落，不会成为守着超市打折促销过日子的老年人。

我乐观预测，如今刚刚风靡的生活美学，就是我们老年时的日常。

你有没有在此时开始考虑，利用工作之余的时间，钻入生活美学里的某个细小分支，打磨几十年。

活到老，学到老，劳作到老。年轻时急于解放双手，老年时的健康，却需要靠双手劳作来维持。

这是避免晚景凄凉的王道。

第三，戒定慧是个无比靠谱的修心系统。由戒生定，定中生慧，不是随便说说的。

老年时的平静柔和，依赖于一路上获得的智慧，需要从中年开始就练习戒与定。

中年人的戒，是没有多余的损耗。

他必清楚自己是谁，要做什么。确定不做的事、不涉猎的领域，懂得收敛对它的欲念。

像巴菲特说的那样，列出二十件想做的事，再划出其中最想做的五件，剩下的那十五件，余生要拼尽全力去躲避它们。

人到中年，还事事新鲜得跃跃欲试，没有定力和静气，不知道自己有限的精力该着力在什么地方，总会显得孟浪，而于实际生活也并无益处。

斜杠青年让人羡慕，斜杠中年，就有些迷失之嫌了。

中年人里，所谓“鬼鬼祟祟的气质”，是真有的。多来自在浮躁的日子里游荡太久，失了本心，失了定力。

究其原因，是生活中没有几项生定力的东西。

本来，可以是规律的作息，是一两项热爱的、频繁进行的运动，是一桩总是投注时间的业余爱好，是一段日久生情的关系，是每日固定时间独处的那一段时光，是每晚睡前读十页书的小习惯。

这些事项，是将人漂浮的思绪收回来的方法，也是人在浮躁世间静心度日的定力之源。

如今的经济形势，让许多人悲观四溢，我倒觉得未必全是坏事。

当时代的浮尘慢慢落下，人们开始收敛那些激进的、急迫的、虚妄的欲念，踏实地生活，人才会获得最强烈的安全感。

是否要把中年过得这么有目的性？

选择随人，但需不去奢望会有凭空而至的幸福。

建立一套吻合自我信念的生活方式，是中年时需完成的功课，也是老去时的指望。

并且，一个足够清醒而积极努力的过程，本身就已是人生路上丰厚的回报。

后 记

近来时常想起，十几岁时，女同学们聚在一起，总爱聊以后长大了自己会是什么样子。不同于年幼写作文“我想成为一个科学家”之类的抽象定义，青春期的想象，已经有了活生生的影像。

我清楚记得自己的想象，千篇一律都是穿着职业套装和高跟鞋，在大城市最高档的写字楼里“嘚嘚嘚”雷厉风行，还只能是二十几岁。

三十岁以后呢，从来没想象过。少年人觉得，三十岁后那不就是老了嘛，简直不值得一过。

年少的画面仍一帧帧生动着，现实中，我却已经是三十六岁的我了。高跟鞋快速敲击写字楼大理石地面，发出“嘚嘚嘚”的声音，真的贯穿了我整个二十年代。十年风风火火，如今留在脑中的，竟是那些年我每天付停车费的数字（真是怪诞）。

那画面特别清晰，当夜幕四合，我开车从停车场出来，收费的闸口开了又合，电子女声报出数字，那一刻总是本能地换算出，这一天又是多少个小时一晃而过。

像是对年少幻想的一种交待，二字头人生我如约行过。再往后，未曾被设定与期待，意味着一种自由。

书中文章，便零散地写于二〇一六到二〇一八年，我的三字头人生。

如果说，每个人的一生也如一个故事，有各自的起承转合，那么，毫无疑问，这段时间于我而言，大概是扮演着“转”的角色。

二〇一六年，女儿两岁多，先生辞去了国企的工作，我们从北京搬到大理，一家人将自己抛进一条并不熟悉的河流中。这条河流向哪里，一点眉目都没有，或许，全然未经设定的未知，就是踏入这条河的目的。如此处理人生，毫无三十几岁该有的成熟，是我们想要的天真。

这几年，我总在想，这选择背后微妙的动因是什么？这本书，就是思考与总结的过程。

冈仓天心的《茶书》中有一段：

“我们的人生，宛如一片无涯苦海，喧嚣骚动着，充满了愚昧。若不知如何自处，便不可避免地陷入悲惨境地，即便强颜欢笑亦属徒劳。”

一语点破了写作本书时的心境。每一篇小文，都是试图在这喧嚣骚动的人生中，避免陷入强颜欢笑的一点努力，试图架设一种经过选择的生活。

两年后的今天，回头再读这些文章，难免觉得用力过猛，话说得过多，便容易有一种梗着脖子的劲儿，过来人爱说，这样很不成熟。

冯友兰先生在《中国哲学简史》全书最后，留下这样一句话，“人必须先说很多话，然后保持静默”，带着自我指涉的意味。包含的真理一言蔽之：“在达到哲学的单纯性之前，他必须通过哲学的复杂性。”

因此，无论今天的我再来看这本书，觉得当时的自己有多么琐碎和实际，它也是我必须通过的复杂和成熟。

经历那几年的“转”，才终于走入“合”中。

停下诸多事务性的工作，沉入最爱的领域——中国艺术与东方美学的深入研究中，读书看画写作，一日日在窗前光影摇移中度过。与时代的距离，保持着一个尽我所能的最远值。

能做的与想做的相合，喜欢的与擅长的相合，所渴求的目标与所走的路相合，甚至就日常来看，生活也与大理这处山水的氛韵相合。

也才终于能领悟，为何在中国艺术精神中，“熟”不算一个褒义词，因过于精熟，易流于甜媚，苏东坡写“凡文字，少小时须令气象峥嵘，彩色绚烂。渐老渐熟，乃造平淡”，艺术臻于精熟时，须归于平淡，是“熟”与“拙”的平衡。

于我，人生走向成熟之期，最珍惜的还是那一点天真，人世越喧闹，越想要活得简单，然而简单不是复杂的反面，而是对复杂的包容、接纳、启迪和预示。

这正是本书“人生半熟”的题中之义。这一点天真，便使我，无论周遭现实如何，心中常得静水流深，如茫茫在外有家，如大雨倾盆而下时，有个着落处。

二〇一九年十二月

于大理·山水间

图书在版编目（CIP）数据

36岁，人生半熟 / 宽宽著．-- 北京：北京联合出版公司，2020.1（2023.10 重印）

ISBN 978-7-5596-3790-1

Ⅰ．①3… Ⅱ．①宽… Ⅲ．①散文集－中国－当代 Ⅳ．①I267

中国版本图书馆 CIP 数据核字（2019）第 257019 号

36岁，人生半熟

作　者：宽宽
策　划：乐府文化
责任编辑：郑晓斌　徐樟
特约编辑：董素云
装帧设计：尚燕平
封面插画：取材自常玉作品《红衣女子》

北京联合出版公司出版
（北京市西城区德外大街83号楼9层　100088）
北京联合天畅文化传播公司发行
北京美图印务有限公司印制　新华书店经销
字数160千　787mm×1092mm　1/32　8.125印张
2020年1月第1版　2023年10月第15次印刷
ISBN 978-7-5596-3790-1
定价：42.00元